KB042931

참룡회귀록

참룡 회귀록 2

초판 1쇄 인쇄일 2018년 12월 19일 | **초판 1쇄 발행일** 2018년 12월 26일

지은이 정한솔 | **펴낸이** 곽동현 | **담당편집 팀장** 이범수
편집부 홍현주 정요한

펴낸곳 (주)조은세상 | **출판등록** 제2002-23호
주소 경기도 연천군 미산면 청정로 1355
TEL 편집부 02)587-2966 | **FAX** 02)587-2922
e-mail bukdu@comics21c.co.kr

정한솔 ⓒ 2018
ISBN 979-11-89672-83-6 | ISBN 979-11-89672-81-2(set) | 값 8,000원

斬龍回歸錄

참룡
회귀록

NEO ORIENTAL FANTASY STORY

정한솔 신무협 장편

2

북두
(주)좋은세상

정한솔 신무협 장편소설

NEO ORIENTAL FANTASY STORY

CONTENTS

8章.

참룡
회귀록

斬龍回歸錄

8章.

팽가혁과 언주혜가 밀실로 들어섰다.

조일장이 의아한 얼굴로 질문했다.

"당소문은?"

팽가혁이 고개를 저었다.

"안 온다더군."

"왜?"

"아무래도…… 일단은 사돈이니까."

조일장이 얼굴을 찡그렸다.

"그래서? 당소문도 그 녀석한테 붙는다는 건가?"

"말 함부로 하지 마라. 소문은 그런 녀석이 아니다."

팽가혁이 낮게 으르렁거렸다.

"녀석이 사돈이라서 대놓고 동참하기가 어려운 거지 다른 게 아니다. 소문을 의심하지 마라."

"그렇다면 다행이고…… 워낙 빠져나가는 녀석들이 많아서 말이지."

조일장의 대꾸에 언주혜가 픽 웃었다.

"그건 우리보다 구파일방이 더 문제 아닌가요? 우린 제갈연 하나지만 구파일방은 반수가 빠져나갔는데."

언주혜는 더 이상 제갈연을 언니라고 부르지 않고 이름으로 부르며 적대감을 보였다.

그러나 조일장은 대답하지 못하고 얼굴을 굳혔다. 구파일방에 대한 비웃음도 담겨 있기 때문이다. 가만히 있던 주진성이 대신 대꾸했다.

"여전히 숫자는 우리가 많다."

"아니죠. 남궁 오라버니가 수련을 한다고 시간을 못 내는 것뿐이지 우리와 뜻이 다른 게 아니에요. 숫자는 같아요."

그러나 주진성은 동의하지 않았다.

"당소문은 이 일에 끼지 않을 거잖아?"

언주혜는 대꾸할 수 없었다. 결국 구파일방이 여전히 하나가 많았다. 그때 종리혜가 끼어들며 주의를 환기시켰다.

"지금 숫자 싸움 하자고 모인 게 아니잖아. 모용기 얘기를 해 보자고."

정각이 고개를 끄덕였다.

"맞다. 지금 중요한 건 모용기지 다른 게 아니지 않나?"

팽가혁이 정각을 쳐다봤다.

"어떻게 하자는 거지?"

"어떻게 하긴. 밟아야지."

언주혜는 꺼림칙했다.

"굳이 그럴 필요가 있나요? 지금 두각을 보이고 있다고는 하지만, 출신을 생각하면 결국 따라잡혀요."

정각이 고개를 저었다.

"현 정무맹주 진산을 생각해라. 그가 진산처럼 되는 것도 무리는 아니다."

언주혜가 냉소를 보였다.

"그래서요? 정무맹주가 대단하긴 하지만, 그게 어쨌다는 거죠? 각파의 고수들이 마음먹고 상대하자면 못 할 것도 없잖아요?"

"모용기에게는 정무맹주에게 없는 것이 있다."

정각의 대꾸에 팽가혁이 눈을 빛냈다.

"구파일방의 후기지수 다섯과 제갈연?"

"정확히 말하면 명진과 소무결, 제갈연이지."

"나머지는?"

"백운설과는 사이가 틀어졌고, 운현과 천영영은 모용기와 그리 긴밀한 관계가 아니다."

"확신할 수 있나?"

팽가혁의 질문에 주진성이 나섰다.

"내가 직접 확인했어. 운현과 얘기해 봤지."

"흐음……."

팽가혁이 턱을 쓰다듬었다.

언주혜는 여전히 의문이 어린 눈으로 정각을 쳐다봤다.

"그게 어쨌다는 거죠?"

"현 정무맹주에겐 세력이라는 게 없다. 중소문파들의 전폭적인 지지를 받는다고 해도 전체적으로 보면 미미할 뿐이지. 물론 오대세가의 입장에서 보면 아니겠지만."

언주혜가 얼굴을 찡그렸다. 정각은 모른 척 계속해서 말을 이었다.

"하지만 녀석은 무당과 개방이란 세력을 등에 업을 수도 있다. 거기에 제갈세가의 머리까지 도움을 받을 수도 있고. 현 정무맹주와는 상황이 다르다. 정무맹이 셋으로 쪼개진다."

"그건 너무 비약이지 않을까요? 그러려면 모용기가 정무맹주 혹은 그 비슷한 자리까지 올라야 하는데……."

"정무맹주가 녀석을 만났다. 이 또한 확인했고."

언주혜가 입을 다물었다. 팽가혁이 눈을 번뜩였다.

"사실인가?"

"물론."

"이런 미친!"

이렇게 되면 미래가 문제가 아니다.

모용기와 진산이 손잡으면 당장 정무맹이 셋으로 쪼개질지도 모를 일.

그건 자신들이 가진 기득권에 위협이 된다.

정각이 다시 말했다.

"더 크기 전에 싹을 잘라야 한다. 시간이 없어."

언주혜가 난감한 얼굴을 했다.

"방법이 있나요? 우리가 모용기를 치는 건 불가능하고, 그렇다고 어른들이 움직이지도 않을 것 같아요. 우리 가문 출신 장로님께 넌지시 말해 봤는데, 군사가 무슨 짓을 했는지 난색을 표하더라고요."

정각이 팽가혁을 쳐다봤으나, 그 역시 고개를 내저을 뿐이었다.

"우리도 마찬가지야."

정각이 고개를 끄덕였다.

"예상대로군."

"예상대로? 혹시 너희도?"

조일장이 끼어들었다.

"맞아. 아주 영악한 놈이야. 무슨 수를 썼는지 개방주가 길길이 날뛴다더군. 점창이 아무 짓도 못 하고 있는 거 보면 몰라?"

팽가혁을 필두로 다들 입을 다물었다.

밟긴 해야겠는데 방법이 보이지 않는 게다.

결국 정각이 다시 나섰다.

"결국 우리가 밟아야겠군."

언주혜가 얼굴을 찡그렸다.

"그러니까 고작 일곱으로 무슨 수로요? 시간이 지나면 몰라도 당장은 불가능해요."

제대로 손도 써 보지 못한 채 모용기에게 당했던 기억이 생생했다.

그러다 보니 고작 일곱으로 모용기를 밟자는 말이 비현실적으로 들릴 수밖에 없었다.

"고작 일곱이 아니지."

조일장이 정각을 쳐다봤다.

"무슨 말이지?"

"중소문파 아이들을 움직인다."

팽가혁이 비웃음을 보였다.

"그게 됐으면 벌써 했겠지. 따돌림 같은 것도 안 통하고 힘으로는 더더욱……."

"그만."

정각이 손을 들어 팽가혁의 말을 끊었다. 팽가혁이 얼굴을 붉혔다. 그러나 정각은 무시했다.

"평소에는 그렇지. 하지만 이제 곧 중간시가 있다."

눈치가 빠른 종리혜가 제일 먼저 짝 하고 손뼉을 쳤다.

"맞다. 그거면 되겠네."

그것을 시작으로 모두의 얼굴이 밝아지는 데까지 그리 오랜 시간이 걸리지 않았다.

그러나 팽가혁은 여전히 신중한 얼굴로 다시 한 번 주진성에게 질문을 했다.

"천영영과 운현은 아닌 게 확실한가?"

"물론이지."

주진성이 확신을 담은 얼굴로 고개를 끄덕였다.

팽가혁이 비로소 얼굴을 풀었다.

"그러면 중소문파 아이들의 마음을 사는 게 중요하겠군."

정각이 고개를 끄덕였다.

"확실하게 휘어잡아야 한다. 중간시에서 싹을 자르지 못하면 다음은 없으니까."

팽가혁이 눈매를 좁혔다.

"싹을 자른다…… 어디까지 갈 생각이지?"

정각은 입을 다물었다. 대신 조일장의 두 눈이 독기를 품었다.

"적어도 팔 하나는 잘라야지."

❖ ❖ ❖

　백운설에게 괜한 핑계를 댄 것이 아니다.

　밤은 오로지 모용기 자신을 위한 시간이었다.

　그날그날 비무를 통해 경험한 상대의 검초에서 괜찮다 싶은 것을 골라낸 뒤 온전한 자신의 것으로 만드는 시간이었다.

　상대방의 검초를 자신의 검에 맞춰 변형하는 작업을 거친 후 몸에 익을 때까지 반복하는 것이다.

　아직 마음을 둔 곳에 검이 따른다는 심검(心劍)의 경지에 이르지 못한 모용기에게는 꼭 필요한 수련이었다.

　물론 결코 쉬운 일은 아니었다. 그러나 유독 이번이 더 어려웠다.

　검을 거두는 모용기가 얼굴을 찌푸렸다.

　"이거 진짜 어렵네."

　명진의 태극검법은 소화하기에 어렵지 않았다. 태극의 묘리에 따라 움직이는 그의 검은 오히려 많은 변화를 내포하고 있다. 그러나 충분히 수용할 만하다.

　변화가 많긴 하지만 기본적으로 유(柔)의 원리에 따라 검로가 그어진다. 그리고 그것은 모용기가 봉마곡에서 가장 중점적으로 수련했던 부분이다.

　유능제강에 대한 이해도는 무당파의 그 누가 와도 밀리지 않는다고 자부할 수 있었다.

까다롭긴 해도 자신의 것으로 만드는 것이 불가능하지 않았다.

문제는 제갈연의 무무검법과 소무결의 타구봉법이었다.

특히 타구봉법이 더 그러했다.

무무검법보다 훨씬 더 정교하고 현란한 변화를 내포하고 있었기 때문이다.

"이거 어려워도 심각하게 어려운데……."

소무결 역시 타구봉법의 진정한 오의는 보여 주지 못했다.

무공에 대한 이해도가 낮은 게다.

그러나 모용기 정도 되면 그 진가를 알아보는 게 어렵지 않았다.

소무결이 구현해 내지 못하는 변화까지 또렷하게 짚어 낼 수 있었다.

강호에서 기(技)로 정점에 올랐던 모용기이기에 가능한 일이었다.

그런데 그런 모용기조차 타구봉법을 완벽하게 파악하는 것은 어려웠다.

초식 하나를 분석하는 데 머리가 깨질 지경일 정도로 하나하나에 담긴 변화가 많아도 너무 많았다.

그런데 더 암담한 것은 이러한 초식이 칠십이 개나 된다는 점이었다.

초식을 어떻게 쓰느냐, 어떻게 연계하느냐에 따라 봉이 움직일 수 있는 길이 너무도 많았다. 복잡해도 너무 복잡했다.

"이 모양이니까 타구봉법으로 이름을 떨치는 고수가 없지."

타구봉법은 개방을 대표하는 무공으로 대성하면 천하제일을 다툰다.

다만 타구봉법으로 이름을 떨친 고수는 손에 꼽힐 정도로 적었다.

그조차도 몇 세대 전이었으니 말이다.

무공 자체는 훌륭하지만 사람이 못 따라가는 게다.

이제껏 소실되지 않고 원형을 간직하고 있는 것이 용할 정도였다.

"어쩐지 홍 방주가 자신만만하더라니……."

그럴 만하다 싶었다. 무공이 이 모양이니 보고도 파훼할 엄두가 나지 않는 게다.

모용기가 손가락으로 관자놀이를 톡톡 두드렸다.

"이걸 어쩐다……."

계륵이란 말이 완벽하게 들어맞았다. 먹자니 먹기가 까다롭고, 먹을 수 있는 살점도 적다.

그렇다고 버리자니 그 맛이 너무 좋다.

"이론적으로는 가져다 쓰는 게 맞긴 한데……."

황궁에서 적포인과 맞붙었을 때부터 어렴풋이 느꼈다.

모용기의 검은 환(幻)의 묘리가 부족했다.

그럴 수밖에 없는 게 어떤 초식이라도 빈틈은 있다.

그 빈틈을 빠르게 잡아낼 수 있는 것이 모용기의 특기
다.

현란하게 변화를 주며 상대를 속여 빈틈을 유도해야 할
이유가 없었다. 힘의 낭비라 생각했다.

"근데 이건 엄두가 안 난단 말이지."

아무리 맛이 좋아도 몸에 맞지 않는 걸 잘못 먹으면 반드
시 탈이 난다.

타구봉법이 바로 그런 경우다.

완벽하게 변형을 가하지 못한 상태에서 어설프게 써먹으
려다가 재수가 없으면 기혈이 꼬인다. 그게 주화입마다.

그리고 타구봉법은 완벽하게 변형을 가한다는 게 엄두가
나지 않았다.

"그래도 하긴 해야 하는데."

회귀 전의 모용기와 비슷한 수준의, 혹은 더 높은 수준의
기(技)를 지녔다.

이겨 내려면 자신의 약점을 채워야 했다.

기(氣)를 높이는 것만으로는 본질적인 문제가 해결되지
않는다.

그런 의미에서 타구봉법은 모용기의 빈 곳을 채우기에 제격이었다.

그러나 모용기는 고개를 저었다.

"아무래도 당장은 안 되겠다."

위험부담이 너무 크다. 아직 환(幻)의 묘리에 눈을 뜨지 못한 상태에서 타구봉법 같은 정상급의 무공은 무작정 집어삼킬 것이 아니었다.

무무검법 역시 마찬가지. 집어삼키려면 일단 기초를 쌓아야 했다.

"일단은 난화십팔검, 아니 난화삼십육검의 완성이 먼저라는 건데……."

본디 모용세가의 난화십팔검의 정확한 명칭은 난화삼십육검이었다.

다만 백여 년 전에 후반부의 십팔초식이 소실되어 전반부의 십팔초식만 전해져 내려오다가, 더 이상 복원할 방법이 없다 싶어서 난화십팔검으로 부르기 시작한 것이 그대로 굳어진 게다.

난화삼십육검은 무공의 이름에서도 알 수 있듯이 제갈세가의 무무검법이나 개방의 타구봉법처럼 변화에 기반을 둔 검법이다.

다만 환의 묘리가 후반부 십팔초식에 집중되어 있었는데, 그것이 소실되자 지금처럼 단순하고 부드러운 형태의 검만 남게 된 게다.

그리고 그것이 모용기가 환의 묘리에 약한 이유였다. 후반부 십팔 초식을 복원해 낼 수 있다면 타구봉법을 가져다 쓰는 게 한결 수월해질 것이다.

"복원은 불가능하고……."

아무리 모용기가 무공에 대한 이해도가 높다 해도 난화삼십육검의 전반부만으로 후반부를 복원하는 것은 불가능에 가까웠다.

그런 일은 무당의 장삼봉이나 소림의 달마 같은 무학의 대종사들이나 가능한 일.

그렇다면 후반부를 알고 있는 이를 찾아야 했다.

"심증은 있는데 물증이 없단 말이지."

검이 아니라 창이라서 생소하긴 했지만, 어딘가 익숙함이 느껴졌다.

가끔씩 복기해 보는 그의 창술의 몇몇 초식은 난화삼십육검 전반부의 몇몇 초식의 검로와 일치했다.

우연이라 치부하기엔 너무도 공교로웠다.

"알려 달란다고 순순히 실토할 리는 없고……."

바보가 아닌 이상 그럴 리가 없다.

특히 무공에 대한 집착이 심한 무림인들은 더할 터.

"에이 씨! 몇 대 맞다 보면 죽기 싫어서 실토하겠지, 뭐."

결국 모용기는 단순한 방식을 쓰기로 했다.

가끔은 복잡한 것보다 단순한 방식으로 일이 쉽게 풀린
다.

　"근데 당장은 무리겠지?"

　상당한 고수였다. 예전이었다면 쉽게 때려잡았겠지만 지
금 당장은 부담스럽다. 결국 명진에게 부탁한 천산설련이
필요했다.

　모용기가 얼굴을 찡그렸다.

　"부탁한 지가 언젠데 아직도 안 와? 이 자식, 먹고 튀는
거 아니야?"

　소무결이 바닥에 드러누워 거칠게 숨을 내뱉었다.

　"아이고, 죽겠다."

　한 마리씩 집어넣기 시작한 경비견이 벌써 여섯 마리가
됐다. 한두 마리일 때는 경비견이 지친 틈을 타 잠시 쉬기
라도 했었다. 그런데 지금은 지들끼리 돌아가며 쉬면서 덤
비는 통에 오전 내내 쉼 없이 달려야 했다.

　물론 그 정도는 큰 문제가 아니었다.

　몇 달 달리다 보니 이 짓도 익숙해져서 힘을 조절하는 게
어렵지 않았다.

　마음만 먹으면 하루 종일 달릴 수도 있었다.

그런데 정작 문제는 경비견들이 항상 돌아가면서 덤벼드는 게 아니라는 게다.

경비견 여섯 마리가 한꺼번에 덤벼들 때가 진짜 문제였다.

가뜩이나 좁은 연공실에 덩치 큰 경비견 여섯 마리를 풀어놓으니 어지간해서는 피할 구석도 없었다. 단순히 달리는 게 아니라 필사적으로 머리를 굴리며 달려야 했다.

이 짓을 두시진 정도 하고 나면 녹초가 된다.

상황은 명진 역시 마찬가지였다.

소무결처럼 드러눕진 않았지만 지친 기색이 역력한 듯 거칠게 숨을 몰아쉬었다.

미미하게 떨리는 다리를 보면 서 있는 게 용할 정도였다.

그러나 모용기는 관심조차 주지 않았다. 대신 심각한 얼굴로 고민에 빠졌다. 제갈연이 조심스레 말을 붙였다.

"무슨 생각을 그렇게 하시는 거예요?"

"아, 다른 게 아니고 수련 방식을 좀 바꿔 볼까 싶어서……."

말이 떨어지기가 무섭게 소무결이 반색을 했다.

어디서 힘이 솟았는지 상체를 벌떡 일으켰다.

"그렇지? 네가 봐도 이건 말이 안 되지? 잘 생각했다."

그런데 모용기는 뚱한 얼굴로 소무결을 쳐다봤다.

"누가 말이 안 된다고 그래? 쑥쑥 크고 있구만."

"이게 어딜 봐서 쑥쑥 크는 거야? 하루하루가 전쟁이구만."

"그래서? 실력 안 늘었어?"

모용기의 반문에 소무결을 할 말이 없었다.

실력이 는 것은 사실이었다. 그것도 몰라볼 정도로 쑥쑥 늘었다.

오죽하면 소무결의 일취월장한 신법에 놀란 홍소천이 미친개를 풀어 소무결의 수련법을 흉내 내는 중이었다.

창피하다고 필사적으로 말려도 들은 척도 하지 않을 정도로 효과 하나는 확실했다.

그러나 소무결이 원하던 바는 아니었다.

소무결은 맥이 빠진 얼굴로 털썩하며 상체를 눕혔다.

"에이 씨. 괜히 기대만 되게…… 그럼 뭐야? 무슨 수련법을 바꾼다는 거야?"

"뭐긴 뭐야? 연아 말이지. 아무래도 좀 변화를 줘야 할 것 같은데……."

가만히 듣고만 있던 제갈연이 모용기를 쳐다봤다.

"저요?"

"어. 아무래도 진도가 조금 느린 것 같아서 말이지."

모용기의 말에 제갈연의 얼굴이 어두워졌다.

스스로가 생각해도 자신의 자질이 부족해 보였다.

혼자 모용기에게 배울 때는 몰랐는데 명진과 소무결이

합류하자 그 차이를 확실하게 체감할 수 있었다.

특히 하루가 다르게 성장하는 명진과는 극명하게 대비됐다.

제갈연이 저도 모르게 침울한 얼굴을 했다. 모용기가 한숨을 쉬더니 딱밤을 때렸다.

딱!

"아얏!"

제갈연이 눈물을 찔끔하며 이마를 문질렀다.

"또, 또 그런 얼굴 한다. 몇 번이나 말해야 해? 네 자질이 떨어지는 게 아니라고. 충분히 잘하고 있다고."

"하, 하지만……."

제갈연이 명진을 힐끔거렸다. 모용기가 픽 웃음을 보였다.

"쟤랑 비교하면 안 되지. 쟤는 자질만 보면 나도 상대가 안 된다고. 누가 쟤랑 비교가 되겠냐? 쟤는 아예 머릿속에서 지워 버려. 댈 걸 대야지. 저런 건 포기해. 포기하면 편해."

문일지십이란 말이 있다. 하나를 가르치면 열을 깨친다는 말인데, 실제로 그런 애들이 있다.

명진이 딱 그런 경우였다. 흔히 천재라고 부르는.

이들은 범인이 올려다보기에는 너무 높은 위치에 있다. 이들은 따라가려고 해서는 안 된다.

뱁새가 황새를 쫓아가려다간 가랑이가 찢어지기 십상이니까.

그런데 대부분의 사람들은 애초에 이런 애들을 경쟁 상대로 여기면 안 된다는 점을 모른다.

그들의 자리는 미리 비워 두고 나머지 자리를 차지하기 위해 싸우는 게 정답이라는 것을 모르는 게다.

그나마 제갈연은 어렴풋이나마 그러한 이치를 알고 있었다.

제갈연이 모용기를 쳐다봤다.

"그럼요?"

"이게 참 어렵단 말이지. 타고난 성격의 문제라……."

이게 문제다.

천성이 도전적인 명진은 모용기의 검에도 주눅이 들지 않는다.

온갖 살초가 난무하는 모용기의 공세 속에서도 어떻게든 자신의 검을 찔러 넣을 궁리를 했다.

소무결은 명진만큼 도전적인 성격은 아니었다.

그러나 모용기의 공격을 막는 것에만 만족할 정도로 조용한 성격도 아니었다.

명진처럼 공격을 감행할 궁리만 하는 것은 아니지만, 그렇다고 모용기의 반격이 무서워서 드러난 빈틈을 내버려 두지는 않았다.

빈틈이 보이면 지체 없이 봉을 찔러 넣었다. 아닌 것 같아도 성깔이 있다.

그런데 제갈연은 달랐다.

신중해도 너무 신중하다. 모용기가 생각 없이 검을 휘두르다가 아차 싶어도 도무지 검을 뺄 생각조차 없었다.

오로지 모용기의 검을 막아 내는 데만 열중했다. 가끔 모용기가 일부러 과하게 손을 써도 화조차 내지 않고 막아 낼 궁리만 했다.

감정보다 이성이 훨씬 앞서는 게다.

'아무래도 내가 상대라서 그런 것 같은데……'

비슷한 무위의 후기지수를 상대로 대련을 했다면 제갈연의 검이 이토록 얌전하지는 않았을 게다.

현재 제갈연의 입장에서 모용기는 감히 올려다보기도 힘들 정도로 높은 벽.

자연스런 현상이다. 실제로 봉마곡에서의 모용기 역시 다르지 않았다.

생각을 정리한 모용기가 발끝으로 소무결을 툭툭 쳤다.

"왜?"

"가서 운현이랑 천영영 좀 불러와라."

"걔들은 왜?"

"불러오라면 불러올 것이지, 뭔 말이 많아? 네가 말한다고 알아듣냐?"

"에이 씨! 그럼 명진이 시켜. 나 다 죽어 가는 거 안 보여?"

"쟤 시키면? 곱게 불러오겠냐? 칼부림 안 나면 다행이지."

소무결이 얼굴을 찡그렸다. 그러나 곧 끙끙거리며 몸을 일으켰다.

"에이, 괜히 신법 배운다고 해서 이게 뭔 꼴이야."

소무결이 툴툴거리며 연공실을 벗어났다.

연공실로 들어서던 운현이 모용기를 쳐다봤다.

"네가 웬일이냐? 먼저 부르기도 하고."

먼저 와 있던 천영영도 호기심이 담긴 눈으로 모용기를 쳐다봤다. 모용기가 히죽 웃었다.

"너희들, 나랑 비무하고 싶지 않냐?"

운현이 반색을 했다.

"진짜? 이제 생각이 바뀐 거냐?"

"네가 웬일이냐? 죽어도 싫다더니……."

소무결이 새삼스럽다는 눈으로 모용기를 쳐다봤다.

모용기는 소무결의 눈길을 무시하고는 손가락 세 개를 펼쳐 보였다.

"하루에 세 번이다."

"야. 쓸려면 팍팍 쓸 것이지, 하루에 세 번이 뭐냐? 쪼잔하게……."

운현이 얼굴을 찡그렸다.

"나 원래 쪼잔해. 그래서 안 할 거야?"

물론 그럴 마음은 없다.

명진이 어떻게 변했는지 두 눈으로 확인한 운현의 입장에서는 그 정도도 감지덕지였다.

그래서 못이기는 척 받아들이려는데 천영영이 먼저 나섰다.

"물론 대가가 필요하겠죠?"

"당연하지. 내가 미쳤다고 너희들을 공짜로 가르치겠냐?"

소무결을 통해 대가가 비싸다는 말을 들었던 운현은 은근히 불편했는지 한 걸음 빠졌다.

천영영이 운현을 향해 눈을 흘기고는 다시 질문했다.

"대가가 뭐죠? 너무 비싼 건 감당하지 못해요."

"하루에 세 번인데 내가 비싼 걸 달라고 하겠어? 생각 좀 해라."

모용기가 타박하는 말에 천영영이 미간을 모았으나 질문을 멈추지는 않았다.

"그래서 대가가 뭔데요?"

모용기가 제갈연을 손목을 잡아끌었다.

제갈연이 어, 어 그러면서 딸려 나왔다.

"다른 건 아니고, 하루에 한 시진 동안 돌아가면서 애랑 비무 좀 해. 그거면 돼."

제갈연이 눈을 동그랗게 떴다.

"저랑요?"

"그럼? 내가 쟤들이랑 비무해서 얻을 게 뭐가 있다고 이 딴 짓을 하겠어? 귀찮기만 하지."

운현과 천영영이 얼굴을 찡그렸다. 보고만 있던 소무결이 대신 나섰다.

"그럼 연아는 얻을 게 있고?"

"아니면 내가 뭣하러 내 시간 써 가면서 이 짓을 해?"

"그럼 연아는 얻을 게 있다는 뜻이네."

소무결이 묘한 눈으로 운현과 천영영을 쳐다봤다. 그러나 실천하는 건 명진이 더 빠르다.

명진이 모용기에게 질문했다.

"나도 비무해도 되나?"

"그걸 왜 나한테 물어봐? 하고 싶으면 해. 단, 나랑은 관계없다."

소무결이 눈을 흘겼다.

"더럽게 쪼잔한 새끼."

모용기는 픽 웃어 주고는 제갈연을 쳐다봤다.

"좋은 기회니까 잘 살려 봐. 하다 보면 네가 뭘 해야 하는지 보일 거야."

그러나 자세한 설명은 하지 않았다.

원래 이런 건 스스로 깨쳐야 오래가는 법이었다.

그리고는 볼일 다 봤다는 얼굴로 연공실을 나서려는데, 천영영이 발길을 붙잡았다.

"잠시만요."

"왜?"

모용기가 돌아보자 천영영이 망설이는 얼굴을 했다.

"저…… 운설이도…….."

"응? 운설이가 왜?"

모용기가 알아듣지 못하자 천영영이 입술을 꼭 깨물었다.

쪼잔한 건 둘째 치고 눈치도 없다고 생각했다.

그러나 작게 심호흡을 하며 이번에는 말을 끝맺었다.

"운설이도 함께해도 되냐고요."

"흠……."

모용기가 잠깐 머리를 긁적였으나 이내 결론을 내렸다.

아무래도 소꿉친구를 너무 매정하게 대하는 건 좋지 않다는 판단이었다.

그러나 그보다는 더 많은 걸 경험할수록 제갈연에게 도움이 된다는 게 주요한 이유였다.

"그렇게 해. 오래 걸리는 것도 아니고."

모용기가 선선히 허락했다.

천영영이 어려운 일을 해결했다는 양 가만히 한숨을 쉬었다.

제갈연은 조심스런 얼굴로 모용기를 힐끔거렸다.

"같이 가자. 응?"

"싫다니까. 얘가 진짜 왜 이래?"

계속해서 조르는 천영영의 태도에 백운설이 결국은 짜증을 냈다.

그러나 천영영은 아랑곳하지 않았다. 어렵게 잡은 기회였으니 이대로 놓치기 아쉬웠던 게다.

"그러지 말고 가자. 응? 너도 걔한테 배우는 거 원했잖아?"

"아 진짜! 그건 옛날 얘기고, 지금은 싫다니까!"

"아깝지 않아? 이게 어떻게 잡은 기횐데……."

백운설이 콧방귀를 꼈다.

"흥! 아깝기는 무슨! 우리 장로님이 걔보다 나아. 장로님한테 배울 거야."

"하지만 전에는……."

"그거야 친구니까 친하게 지내려고 한 거지, 내가 정말 걔한테 배우려고 한 줄 알아? 내가 뭐가 아쉬워서?"

백운설은 요지부동이었다. 이래서는 천영영 자신도 움직이지 못했다.

모용기한테 배우는 건 상당히 매력적이지만 그것과 백운설을 바꾸지는 못했다. 자신에게 있어 백운설은 유일한 친구였으니까.

그녀의 얼굴이 어두워졌다.

"그…… 그럼 나도……."

"됐어, 계집애야. 네가 그러니까 나만 못된 년 같잖아. 됐으니까 넌 가서 배워."

백운설의 말에 흔들렸는지 천영영의 얼굴에 망설임이 가득했다. 그러나 곧 고개를 저었다.

"내가 널 두고 어떻게 그래?"

백운설이 눈을 흘겼다.

"그런 주제에 매일 아침 그 녀석 찾아가는 거야?"

"그, 그건……."

천영영이 당황했다.

백운설이 픽 하고 웃었다.

"농담이야. 그런 걸로 뭐라 그럴 정도로 속이 좁지는 않으니까."

그리고는 누그러진 어조로 다시 입을 뗐다.

"그러니까 가서 배워. 난 정말 괜찮아."

천영영이 결국 눈을 질끈 감았다.

"미안해. 정말 미안해."

"괜찮다니까 그러네. 그리고 네가 왜 미안해? 그 자식이

나쁜 놈이지."

백운설이 잔뜩 골이 난 얼굴로 연신 홍홍거렸다.

천영영이 조심스레 눈치를 보는데 백운설이 벌떡 자리에서 일어섰다.

"아, 맞다. 나 이제 장로님께 가 봐야 해. 벌써 늦었다."

"어? 그렇게 해. 그럼 다음에 또……."

"알았으니까 나 이만 가 본다. 가서 잘 배워."

멀어지는 백운설의 뒷모습을 지켜보며 한 차례 한숨을 내쉰 천영영이 이내 발걸음을 돌렸다.

그 순간 백운설이 걸음을 멈추며 힐끔 뒤돌아봤다.

"오려면 지가 올 것이지, 왜 영영이를 내세우고 그래? 남자답지 못하게. 직접 와도 용서해 줄까 말깐데……."

백운설이 입술을 삐죽거렸다.

모용기가 찾아오면 못 이기는 척 받아 줄까 잠깐 고민하다가 이내 급하게 발걸음을 옮겼다.

그러나 모용기는 끝내 백운설을 찾지 않았다.

홍소천은 곳곳에 개 이빨 자국이 가득했다.

예전의 소무결만큼은 아니라도 만만찮게 피딱지가 더덕더덕 붙어 있었다.

충허는 한심하다는 얼굴로 홍소천을 쳐다봤다.

"나이 먹고 그게 무슨 꼴이냐?"

홍소천이 머쓱한 얼굴로 헛기침을 했다.

"크흠. 어쩌다 보니 그렇게 됐다. 그보다 넌 어쩐 일이냐? 두 번 다시 산에서 안 내려올 것처럼 그러더니?"

충허가 무당산에 콕 틀어박힌 게 벌써 이십 년 전이다. 중간중간 일이 있을 때 도움이라도 받아 볼까 찾아봤지만, 무당산 밖으로는 단 한 걸음도 내딛지 않았던 그였다.

그런데 기별도 없이 개봉까지 불쑥 찾아온 게다.

처음에는 황당하기도 했지만 이내 호기심이 앞섰다.

홍소천의 호기심 가득한 눈동자에 충허가 슬쩍 웃었다.

"이제 곧 용봉관 중간시가 있지 않느냐? 명진이 어떻게 하고 있나 궁금해서 내려와 봤다."

홍소천이 눈에 쌍심지를 켰다.

"그렇게 나오라고 사정을 해도 들은 체도 안 하더니, 뭐가 어쩌고 어째? 이런 팔불출 같은 놈을 봤나."

홍소천이 생각할수록 화가 나는지 씩씩거렸다.

"그럼 잘난 네 제자 놈에게나 가 볼 것이지 나는 왜 찾은 게냐? 늙은 거지한테 뭐 볼 게 있다고?"

"그럴까 하다가 궁금한 게 있어서 자네부터 찾았지."

"뭐라? 이놈이 보자 보자 하니까 내가 호구로 보이냐? 지 필요할 때만 찾아오게?"

홍소천이 못마땅하다는 눈으로 흘겨봤다.

하지만 충허는 여전히 미소를 거두지 않았다.

"그렇게 됐다. 네겐 미안하다."

"에이, 썩을 놈."

충허를 쳐다보는 홍소천의 눈은 여전히 곱지 않았다.

그러나 오랜 친구를 박대할 만큼 성정이 나쁘지도 못했다.

홍소천은 결국 쯧 하고 혀를 차더니 다시 말했다.

"그래, 뭐가 궁금해서 날 찾은 게냐? 용건이나 말해 봐라."

"다른 게 아니고 이번에 명진이 내게 부탁을 하더구나."

"제자가 사부한테 부탁하는 게 뭐 그리 큰일이라고. 혹시 그게 특별한 내용이라도 되나?"

충허는 고개를 저었다.

"그리 특별할 건 없다. 천산설련을 백 년 하수오로 바꿔 달라는 부탁이었으니까."

"이놈아! 그게 왜 특별한 게 아니야? 천산설련이 어디 흔한 것이더냐?"

효능은 비슷해도 가치만 두고 보면 천산설련이 더 위였다.

하수오는 천하의 어디든 존재할 수 있는 것이지만, 천산설련은 천산에서만 자라기 때문이다.

숫자 차이 역시 제법 난다.

"넉넉하진 않아도 여분이 제법 된다. 그냥 달라는 것도 아니고 백 년 하수오와 교환하는 것이라면 괜찮다."

"에잉. 이놈이자 저놈이나 아주 제정신이 아니라니까."

홍소천이 혀를 끌끌 찼다.

충허는 굴하지 않고 다시 질문했다.

"혹시 짚이는 것이라도 있더냐?"

"있지. 아주 콕 하고 짚이는 게 하나 있지."

홍소천이 본 명진은 물욕이 없다. 그렇다고 어중이떠중이가 명진을 꾄다는 건 상상조차 하기 어렵다. 이런 짓을 할 놈은 하나뿐이었다.

"그게 뭔가?"

"기다려 봐. 어차피 중간시를 보러 왔다고 하지 않았냐? 그걸 보면 자연스레 알게 될 게야."

딱히 비밀로 해야 할 일은 아니다.

그저 수십 년이나 친구를 박대한 놈에게 하는 소소한 복수다.

홍소천이 히죽 웃었다. 그러다가 무슨 생각이 들었는지 순간 붉게 얼굴을 물들였다.

"그러고 보니 이 망할 놈이 나한테는 개고생시켜 놓고 무당에는 고작 천산설련 하나만 요구했다 이거지? 그것도 그냥 받는 것도 아니고 백 년 하수오를 주고? 이런 썩을 놈을 봤나?"

❖ ❖ ❖

"이런 제길!"

운현이 씩씩거리며 검을 내팽개쳤다.

쨍그랑 소리를 내며 바닥을 구르는 자신의 검에 눈길도 주지 않고 그대로 연공실을 빠져나갔다.

지켜보던 모용기가 혀를 찼다.

"이놈이나 저놈이나 하나같이 성질만 더러워 가지고."

"그럴 만도 하지. 한 달도 안 돼서 아예 상대가 안 되는데. 나라도 저러겠다."

소무결이 운현의 편을 들었다.

그럴 만도 한 게, 제갈연과 격차가 벌어져도 너무 벌어졌다.

처음에는 제갈연이 수비만 해서 몰랐는데, 딱 보름이 지난 뒤부터 제갈연이 본격적으로 검을 찔러 넣기 시작하자 아예 상대조차 되지 않았다.

비무를 시작한 지 한 달 남짓한 시간이 흘렀을 뿐인데, 사력을 다해야 제갈연의 이십여 초를 근근이 막아 낼 정도로 격차가 벌어졌다.

운현이 화를 내는 걸 이해 못 할 바가 아니었다.

제갈연이 슬며시 끼어들었다.

"괜찮을까요?"

소무결이 난처한 얼굴을 하고 있는 제갈연을 힐끗 쳐다
봤다.

"됐어. 뒤끝 있는 놈은 아니니까 금방 털고 들어올 거야.
그보다 애한테 무슨 짓을 했길래 이렇게 변한 거야? 이젠
나도 감당이 안 될 것 같은데."

모용기가 픽 웃었다.

"언제는 감당이 됐고?"

"야 이 씨! 이제 그만할 때도 되지 않았어? 그 얘기 언제
까지 할 거야?"

"너 죽을 때까지."

모용기가 뻔뻔한 얼굴로 대꾸하자, 소무결은 어이가 없
었다.

"에이 씨. 앓느니 죽지. 그보다 대답이나 해 봐. 애한테
뭔 짓을 한 거야?"

"하긴 뭘 해? 아무것도 안 하는 거 다 봐 놓고 그래?"

"내 말이! 분명 별다를 게 없었는데 애가 왜 이렇게 무지
막지해진 거냐고?"

"그거야 자기가 가진 걸 이제 활용하기 시작했으니까."

제갈연은 모용기가 가장 많은 시간을 투자했다.

명진이야 원체 잘난 놈이니 그러려니 하지만 소무결은
다르다.

자질 면에서는 소무결이나 제갈연이나 고만고만했으니,

제갈연이 이기지 못하는 게 비정상이었다.

그동안 소무결이 제갈연을 따라잡은 것처럼 보인 이유는 제갈연이 공격할 줄을 몰랐기 때문이다.

그런데 운현과 천영영과 비무를 진행하면서 공격해야 하는 이유를 배웠다.

그게 수비만 하는 것보다 더 효율이 좋다는 것을 배운 게다.

일단 첫발을 떼고 나자 그 다음은 일사천리였다.

모용기와 비무를 하며 깨친 무학의 묘리를 마음껏 내보였다.

오히려 제갈연의 검을 이십여 초나 받아넘기는 운현과 천영영을 칭찬해야 할 정도였다.

묘한 눈으로 제갈연을 쳐다보던 소무결이 모용기에게 시선을 돌리며 이유 없이 기대감을 내보였다.

"그럼 나도 내가 가진 걸 활용하면 더 세질까?"

모용기는 어이가 없었다.

"꿈 깨. 가진 게 있어야 뭘 활용하든 말든 하지."

"말하는 거 하고는."

소무결이 눈을 흘겼다.

모용기는 히죽 웃으며 손뼉을 짝 하고 쳤다.

각기 제 생각에 빠져 있던 명진과 천영영도 모용기를 쳐다봤다.

"오늘은 여기까지. 다들 이제 그만 가 봐."

소무결이 외의라는 얼굴로 시선을 던졌다.

"웬일이냐? 이 시간에 가라고 하고?"

"웬일이긴? 내일이 중간시 아니냐? 별것 없을 것 같긴 하지만 그래도 몸 상해서 가는 것보다는 낫겠지. 오늘은 다들 가서 푹 쉬어."

그리고는 자신의 검만 챙겨서 연공실을 쓱 빠져나가려 순간, 제갈연이 그를 붙잡았다.

"잠시만요. 저랑 얘기 좀 해요."

"응? 무슨 얘기?"

"그게……."

제갈연이 슬쩍 주위를 살폈다.

모용기가 픽 웃었다.

"하여간…… 너희들은 그만 가 봐. 내일 보자."

명진과 천영영이 말없이 연공실을 빠져나갔다.

소무결은 미동도 하지 않았다.

"넌 왜 안 나가?"

소무결이 제갈연을 힐끗 쳐다봤다.

"어차피 같은 얘긴 거 같은데 귀찮게 두 번 말할 필요 있어? 한 번에 하자."

"얌마, 얘가 무슨 얘기를 할 줄 알고? 혹시 고백이라도 하는 거면 너 그거 예의가 아니다."

제갈연이 단호하게 고개를 저었다.

"아니에요."

모용기가 얼굴을 찡그렸다.

소무결이 킥킥거렸다.

"와, 단호하네. 어지간히도 싫은가 보다. 너 어떻게 하냐?"

"죽고 싶냐? 하루 종일 비무 한번 해 봐?"

모용기가 으르렁거렸다.

근데 그게 좀 무서웠는지 소무결이 슬며시 시선을 피했다.

제갈연이 한숨을 쉬었다.

"그보다 같은 애기란 게 무슨 뜻이죠?"

"모르는 척하기는. 딴 놈들 애기 아냐? 걔네들이 내일 무슨 짓 할 거 같으니까 조심하란 말이잖아."

"그걸 어떻게……."

소무결의 대꾸에 제갈연이 눈을 동그랗게 떴다.

소무결은 모처럼 어깨에 힘이 들어갔다.

"내가 이래 봬도 거지거든. 너희 숙부가 아무리 조용하게 일처리를 한다고 해도 거지 귀는 못 속이지."

"아……."

제갈곡이 심혈을 기울여 조용하게 처리하려 한 일인데, 새어 나갔다.

개방의 정보력이 대단한 줄은 알고 있었지만 이 정도일 줄은 몰랐다. 상상이상이었다. 제갈연이 감탄한 얼굴로 소무결을 바라봤다.

그런데 모용기는 톡 쏘아붙였다.

"자랑이다, 이 자식아. 누가 들으면 거지가 무슨 벼슬이라도 되는 줄 알겠다. 그래 봤자 거지 주제에."

"이건 말을 해도 꼭⋯⋯."

"시끄럽고. 그래서 하고 싶은 얘기가 뭐야?"

제갈연의 말은 다른 게 아니었다. 조심하라는 거다. 막 그렇게 얘기하려는데 소무결이 다른 말을 했다.

"우리 사부가 살살 좀 하래."

"얼씨구? 조심하라는 게 아니고?"

"나도 그렇게 물어봤는데 조심은 걔네들이 해야 하는 거라고 하더라고. 생각해 보니까 그 말이 맞기도 하고."

구파일방과 오대세가의 후기지수라 해도 남은 이는 몇 명 안 된다.

구파일방 넷에 오대세가 넷, 고작 도합 여덟이 다였다.

여덟으로는 무슨 짓을 해도 모용기에게 해가 되지 못한다는 걸 홍소천이 제일 먼저 파악한 게다.

"근데 살살 하라는 건 또 뭐냐?"

"아 그거? 가뜩이나 피곤해 죽겠다고 일 더 키우지 말란다. 잘못하면 우리 사부도 감당이 안 된다고."

모용기는 쩝 하고 입맛을 다셨다. 그리고는 선선이 고개를 끄덕였다.

"알았다고 전해 드려."

승룡각으로 들어서던 모용기는 자신의 방 앞에서 기다리고 있는 당소문을 발견했다.

"어라? 네가 웬일이냐?"

모용기가 고개를 갸웃거리며 당소문에게 다가섰다. 당소문은 얼굴을 찡그리는가 싶더니 툭 내뱉듯이 한마디를 던졌다.

"너, 집에 가라."

밑도 끝도 없는 말에 모용기가 얼굴을 찌푸렸다.

"뭔 소리야? 알아듣게 말을 해야지."

"집에 가라고. 사람 말 못 알아들어?"

친절하게 설명해 줄 생각이 없었던 당소문은 같은 말을 반복했다. 그러나 이내 그 의미를 알아챈 모용기는 픽 하고 웃음을 보였다.

"왜? 나 걱정되냐?"

"미쳤냐? 내가 널 걱정하게?"

"그럼?"

"그거야 우리 누……."

발끈해서 대꾸하던 당소문이 일순 입을 다물고 말았다. 그리고는 불만이 잔뜩 어린 눈빛으로 모용기를 노려봤다.

"어쨌든 난 경고했다. 집에 가는 게 좋을 거다."

그리고는 거칠게 걸음을 옮겨 곧 모용기의 시야에서 모습을 감췄다.

그 뒷모습을 보며 모용기는 머리를 긁적였다.

쭉 찢어진 눈에 가는 턱선, 그리고 얇은 입술이 얼핏 보면 음흉한 인상을 준다.

그러나 보기와는 다르게 성정이 착한 녀석이다.

"저건 또 어떻게 처리한다?"

당소문에게는 빚이 있다.

황제가 모용세가를 공격했을 때, 가주직을 버리면서까지 홀로 모용세가를 지원한 당소문이었다.

제 누나인 당소희를 위한 것이라고는 하나 당소희는 결국 모용세가의 안주인이다.

당가의 가주가 가주직을 버리고 모용세가를 도운 것이나 마찬가지였다.

당연히 이 빚은 아주 비쌌다.

다만 접점을 만들기가 어려워서 내버려 두고 있었을 뿐이었다.

그러나 그 고민도 오래가지 못했다.

누군가 문을 두드리는 소리에 모용기가 시선을 돌렸다.

똑. 똑. 똑.

"누구야?"

그러나 들려오는 대답이 없었다.

모용기가 짜증 어린 얼굴로 성큼 걸음을 옮겨 거칠게 문을 열었다.

"어떤 자식이 장난질…… 어라? 네가 여기 웬일이냐?"

백운설이 어색한 얼굴로 손을 들었다.

"안녕?"

참룡
회귀록

斬龍
回歸
錄

참룡
회귀록

9 章.

딱! 딱! 딱!

자정을 알리는 목각 소리.

백운설과 마주한 지 반시진은 족히 지난 것 같았다.

그러나 시무룩한 얼굴로 고개를 숙인 채 발끝으로 돌부리를 툭툭 찰 뿐, 백운설은 여전히 말이 없었다.

모용기도 말이 없었다. 백운설에게 무슨 일이 있었는지는 모르겠지만, 그것까지 신경 쓸 겨를이 없었다. 그러기에는 모용기 역시 충분히 복잡했다.

'어렵네.'

애써 아무렇지도 않은 얼굴로 외면하곤 했지만, 삼십 년이 넘도록 그녀에게 마음을 품었던 그였다.

서로 바라보는 방향이 다르다는 것을 머리로 이해했다고는 해도 쉽게 떨쳐 낼 수 있는 감정은 아니었다.

'그래도 털어야겠지?'

지나간 일을 놓지 못하는 것이 미련이다. 그것은 누구에게도 도움이 되지 않는다.

생각을 정리한 모용기가 백운설에게로 시선을 돌렸다. 때마침 백운설 역시 모용기를 쳐다보고 있었다. 백운설과 시선을 맞춘 모용기는 일부러 삐딱한 얼굴로 말했다.

"뭐야? 왜 그렇게 보는 거야?"

"무슨 생각을 하나 해서."

"그거야 네가 아무 말도 없……."

대꾸를 하던 모용기가 저도 모르게 입을 다물고 만다. 그리고는 고개를 절레절레 저었다.

"왜?"

"아냐, 아무것도. 그보다 날 찾아온 이유부터 말해. 벌써 많이 늦었어."

백운설이 불만 어린 얼굴로 볼을 부풀렸다.

"지금 그게 중요해?"

"그럼 뭐가 중요한데? 말해 봐. 말을 해야 알지."

모용기의 다그침에 백운설의 고운 얼굴이 섭섭함으로 찡그려졌다. 모용기는 자리에서 벌떡 일어섰다.

"나 그만 간다. 나중에 말할 마음이 생기면 말해."

"너 진짜……."

"진짜는 무슨 진짜야. 그럼 나보고 어떻게 하라고? 계속 이러고 있자고?"

"그래. 그냥 좀 옆에 있어 주면 안 돼?"

"내가 왜?"

"응?"

모용기가 백운설을 돌아봤다. 차갑게 굳은 그의 눈빛에 백운설이 흠칫하며 몸을 떨었다. 보석처럼 반짝거리던 눈동자에 어둠이 드리워졌다.

그런데 그 모습에 애써 다잡은 마음이 또 약해졌다. 잔뜩 힘을 준 눈이 저도 모르게 스르륵 풀렸다. 모용기가 한숨을 쉬었다.

"말해 봐. 무슨 일인데?"

모용기의 태도가 누그러졌다. 그제야 겁먹은 듯했던 백운설의 눈동자도 안정을 찾아갔다.

그러나 여전히 모용기가 원하는 대답은 없었다. 다시금 고개를 숙인 채 애먼 돌부리만 툭툭 찼다.

모용기도 더 이상 재촉하지 않기로 했다. 그저 묵묵히 백운설을 내려다봤다.

툭…… 툭…… 툭…….

얼마나 시간이 지났을까?

조금 진정이라도 된 것인지 돌부리를 걷어차던 백운설의

발놀림이 점점 느려졌다.

그 기색을 느낀 모용기가 나지막이 한숨이라도 쉬려는 순간, 백운설이 불쑥 입을 열었다.

"사부님이 오셨어."

"응?"

백운설이 시무룩한 어투로 다시 한 번 말했다.

"사부님이 오셨다고."

그리고 모용기의 얼굴이 해괴하게 일그러졌다.

'조화심! 이 개 같은 영감탱이!'

조화심이 정무맹에 왔다면, 그가 할 일은 한눈에 보였다.

백운설이 이토록 가라앉아 있는 이유 역시 충분히 짐작할 수 있었다.

"사부님이…… 사부님이…….""

물기가 묻어난 음성을 내뱉던 백운설이 차마 말을 끝맺지 못했다. 그러나 모용기는 그 애처로운 모습에도 오히려 피가 차갑게 식는 느낌이었다.

"왜? 나 만나지 말래?"

모용기 스스로가 놀랄 정도로 무미건조한 말투였다.

백운설이 화들짝 놀라며 시선을 든 것도 무리가 아니었다. 그러나 그런 것들은 아무래도 좋았다.

"그래서 넌?"

"응?"

"그래서 넌 어쩔 거냐고?"

모용기의 다그침에 백운설은 당황한 얼굴을 했다. 그러나 모용기의 질문은 이해하기 어려운 것이 아니었다. 다만 답을 하기 어려울 뿐이다.

백운설은 양손으로 얼굴을 감싸 쥐었다.

"모르겠어. 난……."

그게 끝이었다. 모용기의 얼굴에 더 이상 감정이 깃들지 않았다. 그게 쓸모없는 짓이라는 것을 이제 확실하게 알아챈 게다.

모용기가 차갑게 몸을 돌렸다.

"그냥 가는 거야?"

백운설의 물기 어린 목소리가 모용기의 발걸음을 붙잡았다. 그러나 모용기는 뒤도 돌아보지 않고 대꾸했다.

"그럼?"

"그럼이 아니잖아. 내가 어떻게 해야 할지 말이라도 해 줘야……."

모용기는 고개를 저었다. 그녀는 예나 지금이나 똑같다. 더 이상은 싫었다.

"늦었다. 그만 들어가."

그리고는 미련 없이 걸음을 옮겼다.

"기아야!"

이번에는 백운설의 물기 묻은 목소리도 더 이상 모용기의 발걸음을 붙잡지 못했다.

홍소천과 충허가 등장하자 장내가 술렁였다.

중간시를 참관하기 위해 각 문파에서 사람들을 파견했지만, 대부분 고만고만한 인물들.

개방주인 홍소천이나 무당제일검 충허에 비할 바가 아니었으니, 자연히 이목을 집중될 수밖에 없었다.

용봉관주인 곤륜 출신의 적송이 얼른 둘을 맞이했다.

"홍 방주가 이리 친히 행차를 다 해 주시고. 이게 어인 일이오?"

"어인 일이긴. 왜? 내가 못 올 곳이라도 왔나?"

"그런 말이 아니잖소. 좋아서 하는 말 아니오. 홍 방주가 와 준 덕에 면이 살았소. 허허."

중간시는 거쳐 가는 과정이다 보니, 처음 용봉관에 입관할 때 치르는 검시나 용봉관 일 년차의 마지막에 치르는 결시보다 주목도가 떨어졌다.

그런데 홍소천이나 충허같이 강호에서 큰 명성을 날리는 이들이 참관하면 급이 올라간다.

특히 충허가 그렇다.

강호에서 차지하는 위상으로만 보면 개방주인 홍소천이
한 수 위였다.

　그러나 무당제일검이란 명성과 지난 이십여 년간 얼굴을
보이지 않은 은거고수라는 신비함이 덧씌워지자 화제성 측
면에서는 비할 바가 아니었다.

　그리고 이들의 방문은 용봉관주인 적송의 공적이 하나
추가된다는 의미나 다름없었다.

　충허를 쳐다보는 적송의 얼굴에 함박웃음이 걸렸다.

　"이 얼마 만이오, 충허 도장. 거 사람 참 야박하게 어찌
그리 연락이 없으셨소?"

　"어쩌다 보니 그렇게 되었소. 미안하오."

　"뭘 사과까지. 그냥 해 본 말입니다. 신경 쓰지 마십시
오."

　적송이 얼른 손을 내저었다.

　충허가 슬며시 미소 짓는데, 이번에는 목영이 아는 체를
했다.

　"아미타불. 오랜만입니다, 도장."

　"아, 목영 대사군요. 잘 지내셨습니까?"

　"중이 못 지낼 일이 있겠습니까? 잘 지내고 있습니다. 그
보다 도장은 예전보다 신수가 더 훤해지셨습니다."

　"산 좋고 물 맑은 곳에서만 지내다 보니 그렇게 되었습니
다. 대사도 정무맹의 번거로운 일은 던져 버리고 소림으로

돌아가시지요. 그러면 대사의 신색도 훨씬 좋아지실 겁니다."

"소승도 그러고 싶습니다만, 방장 사형께서 허락지 않으시니 어쩔 수 없지요."

"그럼 억지라도 부리십시오. 저처럼 못 해 먹겠다고 드러누우면 방장께서도 결국 받아들이실 겁니다."

"조언 감사드립니다. 정 안 되면 그 수라도 써 보지요."

목영이 잔잔한 미소를 보였다. 한쪽에 있던 홍소천이 충허를 불렀다.

"이놈아, 이리 와 보거라. 인사해라. 정무맹의 군사다."

홍소천이 충허에게 제갈곡을 소개했다. 제갈곡이 포권을 했다.

"처음 뵙겠습니다. 제갈곡이라고 합니다."

"아! 신기수사시군요. 반갑습니다. 충허라고 합니다."

"과분한 별호이옵니다. 부끄럽습니다."

제갈곡이 얼굴을 붉히자 홍소천이 껄껄 웃으며 끼어들었다.

"그래도 제 주제는 잘 아네. 내가 이래서 군사를 좋아한다니까."

충허가 홍소천을 타박했다.

"이 녀석아, 그 무슨 말버릇이냐? 예의 없이."

"예의는 무슨. 거지가 예의 차리는 거 봤냐?"

그리고는 다시 제갈곡을 쳐다봤다.

"그보다 군사가 여기까지 어쩐 일인가? 혹시 조카 보러 온 건가?"

"그렇습니다. 아무래도 신경이 쓰여서……."

"그야 당연하지. 그 아이처럼 예쁘게 생기면 당연히 신경이 쓰이겠지. 나라면 집 안에 꽁꽁 숨겨 두고 키웠을 거야."

"우리 연아를 본 적이 있으십니까?"

홍소천이 고개를 끄덕였다.

"딱 한 번 본 일이 있네. 그리고 보니…… 이놈아, 우리 군사 옆에 자리하도록 하자. 여기가 전망이 좋아."

충허가 제갈곡을 쳐다봤다.

"그래도 되겠습니까?"

"물론이지요. 얼른 자리를 마련하도록 하겠습니다."

제갈곡은 사람을 불러 의자를 더 가져오라고 지시했다.

그렇게 두 사람의 자리가 마련되는 동안 충허와 홍소천은 또 다른 이들과 인사를 나누느라 부산을 떠는데, 또 한 번 중인들이 웅성거렸다.

그들의 시선을 한 몸에 받으며 뒤늦게 입장한 이는 바로 화산의 철면검객 조화심이었다.

조화심을 확인한 홍소천이 대번에 얼굴을 구겼다.

"에이, 재수 없게. 저 자식이 여길 왜 와?"

딱히 목소리를 낮춘 것도 아니었고, 오히려 대놓고 들으란

듯이 말했다.

그러나 조화심은 이렇다 할 반응을 보이지 않은 채 묵묵히 걸음을 옮겨 충허와 마주했다.

"오랜만이군."

충허가 빙그레 웃었다.

"그래. 오랜만일세. 자네는 좋아 보이는구만."

마치 오랜 지기를 만난 것 같은 태도였다.

반면 조화심은 냉막한 얼굴을 지우지 않았다.

그것도 모자라서 독설을 쏟아 냈다.

"그런가? 그런데 자네는 아닌 것 같군. 어째 병신이 된 것 같아."

기도가 달라진 것을 꼬집은 것이다.

예전에는 조화심보다 더 칼날 같은 기도를 선보였던 이가 충허였다. 그런데 지금은 그러한 예기를 찾아볼 수 없을 정도로 완전히 죽어 버렸던 것이다.

모욕이라 받아들여도 부족함이 없었으나, 충허의 얼굴에선 부드러운 훈풍만 가득했다.

오히려 홍소천이 발끈했다.

"이 빌어먹지도 못할 놈이 뭐가 어쩌고 어째? 한판 하자는 거냐?"

충허가 홍소천을 제지했다.

"그만해라. 뭘 그렇게 발끈하고 그러나? 싸우자고 온 것도 아니지 않나?"

"지금 저놈이 지껄이는 말 못 들었어? 저게 뚫린 입이라고 어디서 막말이야, 막말이?"

도리어 화가 난 홍소천이 연신 씨근덕거렸고, 그런 그를 좋은 말로 달래는 충허는 여전히 미소를 지우지 않았다.

충허를 유심히 살피던 조화심이 눈가를 좁혔다.

"병신이 된 것 같은 게 아니라 정말 병신이 됐군. 이래서야 더 볼 필요도 없겠어."

그리곤 고개를 절레절레 내젓더니 휙 하고 걸음을 돌리고는 화산 출신의 장로 공손도에게 다가가는 조화심.

그 뒷모습을 보며 홍소천이 부들거렸다.

"저, 저, 저 지랄 맞은 성질머리는 어째 나이를 먹어도 변하지가 않아?"

홍소천이 혀를 차며 손가락질을 하자 충허가 그의 옷깃을 잡아끌었다.

"되었네. 그보다 자리가 마련된 것 같으니 앉기나 하게."

장내가 어수선한 틈을 타 팽가 출신 장로 팽도명이 이청강에게 바싹 붙으며 속삭였다.

"이거 곤란하게 되었소. 이를 어찌한단 말이오?"

일을 꾸민 건 아이들이지만 일을 성사시키는 건 어른들의 일이었다.

아무리 중소문파의 아이들이라곤 하나 그 수가 많았다.

거의 백에 달하는 중소문파의 아이들을 하나로 규합하는 것은 어른들의 지원 없이는 불가능한 일이었다.

그래서 그 사정을 면밀히 파악했고 적극적으로 지원했다.

그들의 입장에서도 모용기는 눈엣가시였기 때문이다.

평소라면 별다른 문제가 되지 않았을 터인데 하필이면 홍소천과 충허, 그리고 조화심이 자리하고 있었다. 문제가 될 소지가 농후했다. 그러나 이청강은 지그시 이를 악물었다.

"이미 내친걸음이오. 이제 와서 물릴 수도 없는 노릇이오."

"그렇기는 하오만, 다른 이도 아니고 무당제일검 충허 도장과 철면검객 조화심이오. 분명 정무맹의 이목이 집중될 터인데……."

"조화심 대협과는 이미 말을 맞춰 두었소. 그쪽은 걱정할 것 없소."

조화심과는 이미 사전에 교감을 했다. 그는 문제가 아니었다.

"그럼 충허 도장은……."

이청강이 고개를 저었다. 팽도명이 얼굴을 찡그렸다.

"지금이라도 그만두는 게……."

"그걸 말이라고 하오? 이미 아이들이 다 입장했소. 접근이 차단됐는데 이제 와서 무슨 수로 물린단 말이오?"

중간시가 치러지는 연무장에 용봉관생들이 모두 입장을 마쳤다.

불미스런 사태를 막기 위해 배치된 몇몇 교두들을 제외하고는 다른 이들의 접근은 차단된 상태.

그만두라고 하고 싶어도 그러지 못할 상황이다.

팽도명이 앓는 소리를 냈다.

"이거 일이 더럽게 꼬였소이다."

이청강은 고개를 저었다.

"그럴 것 없소. 그저 규정대로 하면 되는 것이오. 중간시에서 패를 만들지 말란 규정은 없지 않소?"

"그렇긴 하오만……."

"그거면 되오. 단, 우리는 절대 모르는 일이오. 알겠소?"

팽도명이 생각하기에도 그 수밖에 없었다. 팽도명이 고개를 끄덕였다.

"알겠소."

"다른 이들에게도 단단히 일러두시오. 우리만 모르는 일이면 아무 문제없는 거요."

"걱정하지 마시오."

먼저 나와 있던 제갈연이 모용기를 향해 손짓을 했다.

"여기예요."

"일찍 나왔네. 어라? 눈이 좀 부은 것 같다. 너 잠 못 잤냐?"

제갈연이 흠칫하며 슬며시 고개를 돌리더니 눈두덩이를 꾹꾹 눌렀다. 그 모습에 모용기가 킥 하고 웃었다.

"예쁜데 왜? 그냥 두지 그래?"

"됐거든요!"

제갈연이 얼굴을 찡그렸다. 꼼지락거리는 게 귀여웠다.

잠시 흐뭇한 얼굴로 제갈연을 쳐다보던 모용기가 이내 입을 열었다.

"그런데 다른 애들은?"

"무기 받으러 간다고 갔어요."

정무맹 장로들을 상대했던 검시와는 달리 중간시는 용봉관생들 간의 대결이다.

그것도 정해진 상대가 없이 마구잡이로 싸우다 보니 일대다의 대결이 비일비재했다.

그래서 진검을 쓰는 것은 위험하다는 이유로 나무를 깎아 만든 무기를 나눠 주는 게다.

이윽고 가장 먼저 목검을 챙긴 운현이 모용기를 보며 손을 들었다.

"여! 늦었다?"

"늦긴 누가 늦어? 시간 딱 맞춰서 왔구만."

"하여간 이 자식은…… 어떻게 생겨 먹은 게 긴장감이라고는 눈곱만큼도 없어?"

"내가 긴장해야 해?"

"에이 씨. 말을 말아야지."

운현이 고개를 저을 때, 한발 늦게 목봉을 챙겨 온 소무결이 말했다.

"저 자식 저 모양인 거 이제 알았어? 새삼스럽게."

그리고는 모용기를 쳐다보며 말을 이었다.

"그보다 너도 빨리 가서 무기 챙겨 와. 늦게 가면 쓰지도 못할 것만 남는다."

모용기가 시큰둥한 얼굴로 소무결을 쳐다봤다. 그러다가 고개를 저었다.

"됐어."

"왜 또? 뭐가 마음에 안 드는데?"

"마음에 안 든다기보다는 굳이 필요가 없을 것 같아서."

"잘난 척은 진짜. 네 상대는 없다 이거야?"

"그렇기는 한데…… 또 꼭 그 이유만은 아니고."

애매한 대구에 소무결이 의심스럽다는 눈으로 모용기를 쳐다봤다. 그러나 그 의문을 풀지는 못했다. 뒤이어 명진과 천영영이 무기를 챙겨서 합류했기 때문이다.

"왔냐?"

명진이 짧게 인사했다. 천영영은 고개만 까딱였다. 모용기는 히죽 웃고는 주위를 둘러봤다.

"근데 다른 놈들은 안 보인다?"

"몰라서 물어? 시간 맞춰서 올 거라고 예전에 말했잖아."

소무결의 대꾸에 까맣게 잊고 있었던 사실을 떠올린 모용기가 고개를 절레절레 저었다.

"유치해서 진짜."

그리고는 운현을 쳐다봤다.

"넌 그러지 마라."

그 말에 귓가가 빨갛게 달아오른 운현은 슬며시 고개를 돌렸다.

그리고 그 순간 나머지 구파일방과 오대세가의 후기지수들이 연무장으로 들어섰다.

소무결이 투덜거렸다.

"호랑이도 제 말하면…… 어라? 백운설이 왜 저기 있어?"

후기지수들의 무리에 섞인 백운설을 확인한 소무결이 당황해했다.

더욱이 백운설은 모용기 일행에게 눈길조차 주지 않았다.

소무결이 천영영을 쳐다봤으나, 그녀 역시 당황한 기색을 감추지 못하고 있었다.

소무결이 이번에는 모용기를 쳐다봤다.

"내가 어떻게 알아?"

모용기는 어깨를 들썩였다. 그리고는 백운설의 뒷모습을 쫓았다. 모용기의 두 눈에 씁쓸함이 담겼다.

'그게 네 선택이냐?'

예상하지 못했던 바는 아니다. 그러나 못내 아쉬웠다.

조금이라도 붙잡아 볼걸 그랬나 후회가 됐다. 그랬다면 그녀의 마음을 돌릴 수 있었을지도 모른다는 생각이 들었다. 그러나 그도 잠시뿐이었다.

'쟤와 나는 길이 달라.'

상황은 달랐지만, 회귀 전에도 백운설은 같은 선택을 했다.

그때는 간절하게 매달리기까지 했었다.

그럼에도 그녀의 선택은 변하지 않았다.

진주언가에서 유호진에게 굴욕을 당할 때도 마찬가지였다.

백운설에게 있어 모용기는 우선순위가 아니었다.

그녀의 마음을 완벽하게 이해하는 건 아니었지만, 다른 건 몰라도 그것만은 확신했다.

모용기는 고개를 절레절레 젓다가, 눈치를 보는 제갈연의 얼굴을 확인하고는 히죽 웃음을 보였다.

"뭘 그렇게 봐? 잘생긴 얼굴 처음 봐? 그러다가 닳겠다."

"그런 거 아니거든요!"

제갈연이 발끈했다. 그리고는 입술을 삐죽거렸다.

"내 주제에 걱정은 무슨……."

소무결이 짝 하고 손뼉을 쳤다.

"잡생각은 그만하고. 이제 중간시에 집중하자고. 저것들이 분명히 뭔 짓을 하긴 할 텐데, 그게 뭔지 모르겠단 말이지."

소무결이 눈매를 좁히며 정각 등을 노려봤다.

제갈연도 제갈곡을 통해 조사해 봤지만 이렇다 할 정보는 얻지 못했다. 그렇다 보니 밀려오는 답답함에 얼굴이 찌푸려졌다.

모용기가 제갈연의 머리에 손을 턱 얹었다.

"뭘 그렇게 고민하고 그래? 딱 봐도 보이는데 뭘."

"보인다고요? 그게?"

모용기는 제갈연의 물음에 답하지 않고 운현과 천영영을 쳐다봤다.

"너희들도 어떻게 해야 할지 정해야 되지 않을까?"

"그럼? 이제부터라도 제대로 비무해 줄 거냐?"

운현이 은근한 목소리 물었다. 아닌 척하면서도 천영영 역시 기대감을 엿보였다.

"그러니까 말하는 거지. 단, 합당한 보상은 있어야 할 거다. 아니면 얘네들이 가만 안 있을걸?"

운현이 명진과 소무결을 번갈아 쳐다보더니 얼굴을 찌푸렸다.

"에이 씨. 그냥 저쪽으로 붙을까?"

"그러든가. 그럼 당연히 애네들이랑도 비무 못 하는 거고."

"더럽게 쪼잔한 새끼."

모용기는 투덜거리는 운현과 여전히 입을 다물고 있는 천영영을 힐끗 쳐다보고는 다시 말했다.

"그럼 마음 정한 걸로 안다?"

천영영은 작게 고개를 끄덕였다. 운현이 얼굴을 찡그렸다.

"대신 약속 확실히 지켜."

"합당한 대가만 치른다면."

모용기는 만족스러운 얼굴로 고개를 끄덕였다.

그제야 제갈연이 다시 질문했다.

"그보다 그건 무슨 뜻이죠?"

"뭐가?"

"딱 보인다면서요?"

"아, 그거?"

모용기가 슬쩍 고개를 들었다. 동쪽 산에 살짝 걸려 있던 태양이 이제는 완전히 모습을 드러냈다.

삐이이익!

중간시의 시작을 알리는 호각 소리가 날카롭게 하늘을 찢었다. 그 순간 모용기의 무리를 제외한 아이들이 일제히 몸을 돌리며 한 방향으로 무기를 겨눴다.

모용기가 히죽 웃음을 보였다.

"뭐긴 뭐야? 개떼 전술이지."

"정각, 이 새끼!"

소무결이 이를 갈았다. 운현도 찌푸린 얼굴로 말했다.

"이것들이 미쳤나? 이걸 무슨 수로 감당하려고!"

제갈연도 당황한 기색을 감추지 못했다.

정각이 무슨 짓을 벌이리라는 것은 예측했지만 이렇듯 대놓고 나올 줄은 몰랐던 것이다.

적당한 정도라면 몰라도, 이 정도로 노골적인 행위는 문제의 소지가 다분했다.

그래서 애초에 선택지에서 제외한 게다.

그러나 제갈연은 곧 고개를 저을 수밖에 없었다.

'아니지. 정각이 머리를 잘 쓴 거야.'

가만히 생각해 보면 단순하지만 가장 확실한 방법이기도 했다.

설령 문제가 된다 해도 나머지 구파일방과 오대세가의 힘으로 충분히 무마할 수도 있었으니까 말이다.

일시적으로 시끄럽긴 하겠지만 결국엔 덮어진다.

정각이 머리를 잘 쓴 게다.

제갈연이 찡그린 얼굴로 모용기를 돌아봤다.

"이제 어쩌죠?"

"어쩌긴 뭘 어째? 다 때려잡으면 되는 거지."

모용기가 대수롭지 않다는 듯이 대꾸했다.

소무결과 운현이 고개를 획 돌렸다.

"얌마! 미쳤어? 쟤네들 숫자가 백이라고!"

"이걸 무슨 수로 다 때려잡아? 일단 상황 좀 보자고."

천영영도 떨떠름한 얼굴로 모용기를 쳐다봤다.

오로지 명진만이 입꼬리를 말아 올렸다.

"맞다. 다 때려잡으면 된다."

소무결과 운현이 기겁을 하며 매달렸다.

"야 이 미친놈아! 때려잡긴 뭘 때려잡아? 숫자가 백이 넘는다니까!"

"그래. 일단 진정 좀 하고……."

명진이 소무결과 운현을 번갈아 봤다.

"이거 놔라."

"놓긴 뭘 놔! 정신 좀 차려라, 이 자식아!"

"저걸 무슨 수로 감당해? 일단 얘기 좀 하고 하자. 응?"

명진이 힘을 써도 필사적으로 매달렸다.

모용기가 어이가 없다는 얼굴로 입을 뗐다.

"너희들 뭐 하냐?"

"뭐 하긴, 인마! 이게 죽자고 하는데 보고만 있어?"

"너도 보고만 있지 말고 애 좀 말려 봐!"

모용기가 한숨을 쉬었다.

"그럼 가만히 보고만 있으면 일이 해결되고?"

"누가 보고만 있자고 했어? 일단 얘기라도 해 보자고……."

운현의 대꾸에 모용기는 한심하다는 얼굴로 쳐다봤다.

"얘기하면? 쟤들이 그냥 가만히 있겠대? 두 대 때릴 거 한 대만 때리겠대? 말도 안 되는 소리를 하고 있네."

"그럼 어쩌자고? 고작 일곱으로 쟤들이랑 싸우자고? 그건 말이 되고?"

모용기가 히죽 웃으며 손가락 두 개를 폈다.

"한 사람당 스물이다."

소무결이 얼굴을 찡그렸다.

"뭐가? 알아듣게 설명을 해. 맨날 앞뒤 다 잘라먹지 말고."

"뭐긴 뭐야? 한 사람당 스물씩만 잡으라고. 정확히 백한 명이니까 한 사람당 스물. 그리고 명진이 하나 더 잡으면 되겠네."

제갈연과 천영영이 황당하다는 얼굴을 했다.

소무결과 운현은 기가 차다는 얼굴로 헛웃음을 흘렸다.

반면 명진은 만족스럽다는 얼굴로 고개를 끄덕이며 한마디 덧붙였다.

"더 잡을 수도 있다."

"그러든가. 어차피 운현이랑 천영영은 스물까지는 무리 니까 너희들이 좀 더 잡아야 할 거야."

그때 제일 먼저 정신을 차린 제갈연이 끼어들며 말했다.

"근데 왜 스물이에요? 우린 여섯 명인데……."

계산이 틀렸다는 걸 제일 먼저 눈치 챈 게다.

모용기는 히죽 웃으며 손가락을 들어 한 사람 한 사람을 가리켰다.

"하나, 둘, 셋, 넷, 다섯. 봐, 스물 맞잖아."

제갈연은 당황할 수밖에 없었다.

정작 모용기 자신은 쏙 제외시켰던 것이다.

"모용 공자님은 안 싸우고요?"

"나? 나보고 쟤들하고 드잡이질을 하라고? 에이. 아무리 그래도 체면이 있지."

모용기가 어이없다는 얼굴로 고개를 절레절레 저었다.

명진을 제외한 넷이 입을 쩍 벌렸다.

그러다가 소무결이 다급한 얼굴로 모용기를 향해 손을 뻗었다.

"얌마! 그걸 말이라고……!"

모용기가 뒷걸음질 치며 소무결의 손길을 피했다.

그리고는 툭 하고 바닥을 찍더니 훌쩍 뛰어올라 담장 위 에 그대로 엉덩이를 걸쳤다.

"아, 그리고 경고하는데 저것들 중에 한 놈이라도 내 앞에서 알짱거리면 너희들부터 때려눕힌다. 무호반 가서 칠성검법 배우기 싫으면 제대로 해라."

홍소천이 자리를 박차고 일어섰다.

"이런 씹어 먹을 놈들이!"

이런 짓을 할 놈은 많다. 그러나 홍소천은 그중에서도 이청강을 콕 찍어서 노려봤다.

"이게 무엇 하는 짓이야? 당장 그만두지 못해!"

홍소천이 언성을 높였다. 이청강은 영문을 모르겠다는 얼굴로 대꾸했다.

"본인에게 하는 말이오? 그렇다면 잘못 짚었소. 나 역시 모르는 일이외다."

"모른다? 네가? 어디서 지나가던 개도 안 믿을 말을 지껄이는 것이냐? 네가 아니라면 애들끼리 저 짓을 벌였다고?"

아직 권력이랄 게 미약한 아이들이 행하기에는 불가능한 일.

그게 가능하려면 권력자의 도움이 필수적이다.

그 정도 권력자는 이 자리에도 많지만, 실제로 행할 이는 이청강 하나뿐이었다.

개방의 눈과 귀를 가린 정도라면 상당히 치밀하게 일을 꾸민 게다.

그러나 이청강은 정말 억울하다는 얼굴을 했다.

"정말 모르는 일이외다. 정무맹의 장로가 애들 싸움에 껴서 무슨 덕을 보겠다고 이런 짓을 한단 말이오?"

"이 썩을 놈이 끝까지! 그동안 개 잡을 일이 없어서 심심했는데 오늘 개 한번 잡아 보자."

홍소천이 타구봉을 주워 들었다.

그러자 옆에 있던 제갈곡이 홍소천을 만류했다.

"홍 방주님, 진정하십시오. 일단 내막부터 알아야⋯⋯."

"내막은 무슨! 딱 보면 몰라? 저것들이 개짓거리 하는 거!"

홍소천의 손가락질에 이청강이 불쾌하다는 얼굴로 자리에서 일어섰다.

"자꾸 본인을 모욕하실 거요? 이 이상은 본인도 참지 못한다는 것 분명히 말해 두겠소."

홍소천이 제갈곡을 떨쳐 내며 이를 갈았다.

"못 참겠다고? 그것참 잘됐네. 어디 한번 참지 말아 봐라. 나도 참을 마음은 눈곱만큼도 없으니까."

홍소천이 당장이라도 덤벼들 듯이 타구봉을 세웠다.

보다 못한 적송과 목영이 홍소천에게 들러붙었다.

"홍 방주님, 이러시지 마시고 일단 진정하시지요."

"맞습니다. 일단 진정하시고 얘기부터 들어 보시지요."

"이것들이! 내가 지금 진정하게 생겼어? 그보다 자넨 지금 뭐 하는 거야? 당장 중간시 중지시키지 않고!"

적송이 아차 싶었다. 모용기의 무리에 운현 역시 포함되어 있다는 걸 뒤늦게 떠올린 게다.

"뭐 하는 게냐? 당장 중간시를 중지시키라 전하지 않고!"

"알겠습니다!"

적송의 명을 받은 무사 하나가 당장 연무장으로 내달리려는 순간, 칼날 같은 기도가 줄기줄기 뻗어 나와 그의 발길을 붙잡았다.

"지금 어딜 가는 게냐?"

이윽고 들려온 나직한 목소리.

화산의 조화심이었다.

무사가 주춤거리며 말을 더듬었다.

"저…… 그, 그게……."

적송이 얼른 나서며 무사를 보호했다.

"조 대협, 일단 말려야 하지 않겠소? 저러다 사고라도 나면 어쩐단 말이오?"

"사고라…… 그게 문제가 되나?"

"그게 무슨……!"

적송이 당황한 얼굴로 입을 여는데, 조화심이 적송과 눈을 맞췄다.

"문제가 되냐고 물었다. 아이들이 규정을 위반하기라도 했나?"

"그, 그건……."

애초에 중간시엔 규정이랄 게 없었다.

끝까지 두 다리로 버티고 서 있는 아이들 중에서 가장 많이 활약한 아이들로 줄을 세워서 승룡반과 무호반을 나누는 게 중간시였으니까.

다만 이전의 후기지수들은 이 정도로 노골적으로 패를 나눈 적이 없기에 이런 상황은 예상조차 못 했던 게다.

할 말이 궁해진 적송이 머뭇거리자, 홍소천이 멍한 얼굴로 자신을 붙들고 있던 목영을 떨쳐 냈다.

"오호라. 이제 보니 네놈도 한통속이었구나! 하긴, 네놈 같이 교활한 놈이 안 낄 리가 없었겠지."

"죽고 싶은 게냐?"

조화심이 한결 더 싸늘한 눈초리로 홍소천을 노려봤으나, 그는 눈 하나 깜빡하지 않았다.

"누가? 내가? 못 본 사이 농이 늘었구나."

"건방진 놈."

조화심이 씹어뱉듯이 말하며 자리에서 일어섰다.

분위기가 심상치 않음을 직감한 아미의 정현이 얼른 둘 사이로 끼어들었다.

"홍 방주, 조 대협. 지금 우리끼리 싸울 때가 아니잖아요.

일단 아이들부터 말리고……."

홍소천이 찌푸린 얼굴로 정현을 쳐다봤다.

"내가 애들 싸우게 내버려 두자고 했어? 지금 말리자고
하는 거잖아!"

"그, 그건……."

"그리고 계속 거기 서 있다간 좋은 꼴 못 볼걸? 저놈의 못
돼 먹은 성질머리면 자네 정도는 베어 버리고 들어올지도
몰라."

순간 스르릉 하는 소리에 흠칫하며 뒤를 돌아본 정현은
심장이 철렁했다.

조화심이 무표정한 얼굴로 검을 뽑아 들고 있었던 것이
다.

'이, 이런……!'

그러나 이제 와서 물러서기도 난처했다.

그랬다간 체면이 말이 아닐 테니까 말이다.

그렇게 둘 사이에 끼인 채 정현이 이러지도 저러지도 못
하는 그 순간, 충허가 자리에서 벌떡 일어서며 정현의 난처
한 사정을 해결해 줬다.

"이건 또 왜 이래?"

홍소천이 얼굴을 찌푸리며 충허를 돌아봤다.

그러나 충허는 홍소천에게 관심조차 주지 않았다.

주지 못했다는 말이 더 정확했다.

새까만 두 눈을 번들거리는 충허를 의아하다는 얼굴로 쳐다보던 홍소천은 저도 모르게 그의 시선을 따라가다가 입을 쩍 벌리고 말았다.

"저! 저!"

정각이 후기지수들을 둘러봤다.

"핵심은 빠르게 모용기를 잡는 거다. 저 녀석 하나 잡자고 시간을 끄는 건 좋지 않다."

팽가혁이 명진 등을 힐끗 쳐다보며 말했다.

"그렇긴 한데…… 그러려면 일단 저 녀석들부터 잡아야겠는걸? 그것도 빠르게 잡아야겠지?"

정각이 고개를 끄덕였다.

"가장 약한 제갈연은 내가 잡는다. 나머지는 둘씩 짝지어서 잡아낸다."

모용기 등은 연공실에 콕 처박혀 수련을 했기에 그 부분에 있어서만큼은 정보가 새지 않았다.

백운설도 제갈연과 소무결의 대결을 본 것으로는 감이 잡히지 않았다.

홍소천이 대단하다고 말했던 것은 기억하지만 여전히 후기지수 둘을 상대할 실력은 아니라고 생각했다.

그러나 그마저도 말해 줄 마음은 없었다.

그게 모용기에 대한 마지막 배려라고 생각했다.

백운설이 지그시 입술을 깨무는데 남궁서천이 마음에 들지 않는다는 얼굴로 정각을 쳐다봤다.

"나보고 다른 녀석과 짝지어서 저 녀석들 중 하나를 상대하라고?"

"무슨 문제 있나?"

"그걸 말이라고 하나?"

남궁서천이 정각을 노려봤다. 정각이 한숨을 쉬었다.

"그래서 어쩌자는 건가?"

남궁서천이 눈을 빛냈다.

"내가 명진을 맡는다."

"너 혼자? 자신 있나?"

"물론."

정각이 팔짱을 꼈다. 남궁서천이 강하다는 건 알지만 명진은 그보다 한 수 위였다. 그래서 쉽사리 허락하지 못했다.

"명진은 강하다."

"안다. 하지만 난 더 강하다."

남궁서천은 자신이 있었다.

남궁진생의 집중적인 지도를 받으며 몰라볼 정도로 성장한 그였으니까.

남궁진생에게 평생 본 적 없는 기재라는 찬사를 받기도
했다.

명진 역시 어느 정도는 성장했겠지만, 그게 자신의 성장
세에 비견할 정도는 아니라고 생각했다.

이미 명진 정도는 눈에 들어오지도 않는 그였다.

"정말 자신 있나 보군."

"날 믿어라."

남궁서천의 자신감 넘치는 얼굴에 정각은 결국 허락할
수밖에 없었다.

"그렇게 하지. 단, 절대로 져서는 안 된다는 걸 명심해라."

"걱정할 필요 없다."

그리고는 휙 몸을 돌려 명진을 향해 직진했다. 고개를 끄
덕인 정각은 나머지 후기지수들을 돌아봤다.

"이제 우리도 가자."

무호반의 아이들 무리가 쭉 갈라지며 남궁서천을 필두로
아홉 명의 후기지수들이 걸어 나왔다. 잔뜩 얼굴을 일그러
트리고 있던 소무결이 눈을 동그랗게 떴다.

"어? 뭐야? 한꺼번에 덤비는 것 아니었어?"

남궁서천보다 한 걸음 뒤에 서 있던 조일장이 픽 웃음을
보였다.

"뭘 잘못 먹었나? 네놈들이 그 정도의 가치가 있다고 생
각해?"

운현이 얼굴을 구겼다.

"이것들이 진짜! 패거리를 만든 게 누구……."

그러나 소무결이 냉큼 운현의 입을 막으며 끌어당겼다.

운현이 불만스런 눈으로 소무결을 쳐다봤다.

"왜?"

"왜긴 왜야? 알아서 아홉만 덤비겠다는데 왜 초를 치려고 그래?"

운현이 조용히 입을 닫았다.

소무결이 명진을 힐끗거리며 속닥거렸다.

"이거 잘하면 답 나오겠는데?"

백이라는 숫자가 무섭지, 아무리 구파일방이나 오대세가의 후기지수들이라도 아홉이라면 할 만하다 싶었다.

최근 들어 부쩍 실력이 오른 명진을 믿는 게다.

"요거 전략만 잘 짜면……."

소무결이 머리를 굴렸다.

그런데 명진이 불쑥 걸음을 옮겼다.

소무결이 다급하게 명진을 불렀다.

"야! 얌마! 어디 가?"

명진은 대꾸하지 않았다. 남궁서천이 입꼬리를 올렸다.

"넌 내가 상대해 주마."

남궁서천이 목검을 늘어뜨리며 앞으로 나섰다.

그러나 두어 걸음 옮기기도 전에 당황한 얼굴로 입을 열었다.

"너 이 자식! 뭐 하는 거야? 거기 안 서?"

남궁서천이 나섰음에도 명진은 반응이 없었다.

계속해서 일정한 보폭으로 거리를 좁혀 왔다.

남궁서천 정도는 안중에도 없다는 뜻.

무시당한 게다.

남궁서천의 얼굴이 붉어지며 으득 이를 갈았다.

"오냐. 원하는 대로 해 주마."

남궁서천이 바닥을 차며 일검을 뻗어 냈다.

남궁서천의 검은 빠르지도 않고 날카롭지도 않았다. 그러나 무거웠다.

중의 묘리를 제대로 담은 듯 검이 이동하는 경로를 따라 공기가 일그러졌다.

남궁서천의 검이 제법 경지를 이룬 게다.

당연히 명진도 무시할 수 없었는지, 쭉 뻗어 들어오는 남궁서천의 검을 보고는 걸음을 멈췄다.

그러나 당황해하지는 않았다.

그저 부드럽게 태극을 그렸다.

그 순간 남궁서천이 헛바람을 들이켰다.

"헛!"

명진의 검이 그리는 태극을 따라 남궁서천의 중검이 쭉

밀려났다.

어지간한 장애물은 무시하고 원하는 곳을 찌를 수 있는 대연검법이었다.

그런데 명진이 그리는 태극에 따라 이리저리 휩쓸리자 적잖이 당황할 수밖에 없었다.

그러나 고된 수련을 한 것은 남궁서천 역시 마찬가지였다.

'남궁의 검은 무엇보다도 무겁다! 잘라 버리면 그만!'

남궁서천이 눈을 빛내며 검에 힘을 더하자 이리저리 휩쓸리던 검이 뚝 하고 멈춰 섰다.

그리고는 명진의 태극을 뭉개기 시작했다.

그 모습을 지켜보던 모용기는 쯧 하고 혀를 찼다.

"멍청하긴. 태극을 거스르면 안 된다는 것은 어린아이도 아는 건데."

태극은 거스르면 안 된다. 태극을 거스르려다가는 더 큰 힘이 되돌아오기 때문이다.

그를 증명하기라도 하듯, 뭉개지려던 명진의 태극이 이내 더 큰 태극을 그리며 기세를 키웠다.

위풍당당하던 남궁서천의 중검이 거센 파도를 만난 듯이 이리저리 휩쓸렸다.

"이익!"

남궁서천이 이를 악물며 젖 먹던 힘까지 끌어올렸다.

그러나 더 커진 명진의 태극은 꿈쩍도 하지 않았다.

오히려 남궁서천이 힘을 쓰면 쓸수록 크기를 더 키워 갔다.

그리고 태극의 크기가 더 이상 커질 수 없을 정도로 확장되었을 때.

명진이 한 방향으로 검을 떨쳐 냈다. 그 경로를 따라 남궁서천의 목검이 힘없이 날아갔다.

남궁서천이 멍청한 눈으로 명진을 쳐다봤다.

"어? 어?"

명진은 무표정한 얼굴로 남궁서천의 시선을 받아 내다 이내 검을 휙 움직였다.

빡!

"헐……."

소무결이 헛웃음을 내뱉었다. 명진이 많이 강해진 건 알고 있었지만 이 정도일 것이라곤 상상조차 못 했다.

정무맹의 후기지수들 중에서도 명진, 정각과 수위를 다투던 남궁서천이었다.

그런 그가 제대로 반항조차 못 했다.

명진이 어린아이 팔 비틀 듯 가볍게 제압한 것이다.

두 눈으로 보고도 믿겨지지 않았다.

"야, 저거 남궁서천 맞지?"

소무결의 물음에 운현은 잠시 대답하지 못했다.

그리 멀지 않은 곳에 대자로 뻗어 있는 남궁서천을 몇 번이나 확인하고는 얼떨떨한 얼굴로 마지못해 고개를 끄덕였다.

"그, 그런 것 같긴 한데……."

소무결이 저도 모르게 눈알을 또르르 굴렸다.

그리고는 무슨 생각인지 검지로 자신을 가리켰다. 그와 동시에 운현 역시 검지로 소무결을 가리켰다.

"그럼 나도?"

"그럼 너도?"

눈을 껌뻑거리던 소무결이 갑자기 모용기처럼 히죽 웃더니 목봉을 휘리릭 돌리며 앞으로 나섰다.

그리고는 바닥을 쿵 하고 찍었다.

"이 새끼들 다 죽었어!"

운현이 냉큼 소무결의 뒤로 따라붙었다. 그리고는 고개만 빼꼼 내밀며 소리쳤다.

"니들 다 죽었대!"

10 章.

참룡
회귀록

斬龍回歸錄

참룡
회귀록

斬龍
回歸

10 章.

"다들 쳐!"

조일장의 목소리가 쩌렁쩌렁하게 울려 퍼졌다.

그와 동시에 백여 명의 용봉관생들이 우르르 몰려들었
다.

"이, 이런!"

순간 십여 명의 아이들이 몰려들자 제갈연이 당황하며
뒷걸음질 쳤다.

그러나 딱 세 개의 검을 밀어내고 확신할 수 있었다.

'이들은 천영영이나 운현이 아니야.'

소무결이나 명진은 더더욱 아니다.

모용기는 발끝조차 쫓아갈 수 없다.

십여 명이 검을 찔러도 모용기 하나보다 못했다.

어디로 공격할지 예측이 되지 않는 모용기와 달리, 십여 개의 검이 사방에서 날아들어도 그 검로가 일목요연하게 눈에 들어왔다.

그걸 확인한 제갈연은 더 이상 물러서지 않았다.

성큼 걸음을 내딛으며 가볍게 검을 찔러 넣었다.

퍽! 퍽! 퍽!

"악!"

"아얏!"

"어이쿠!"

순식간에 셋이 튀어 나갔다.

그런데 셋이 다가 아니었다.

제대로 된 진형을 이루지 못한 채 뒤엉키다 보니 대여섯 이 움직임에 제약을 받았다.

제갈연이 눈을 반짝였다.

'그렇구나!'

그 순간 제갈연의 검이 변했다.

제일 가까이 있는 녀석이 아니라 제일 많이 몰려 있는 곳 의 약한 녀석을 찔렀다.

그 효과는 확실했다.

"어? 뭐야?"

"이게 왜 이리로 오는 거야?"

"야! 저것 좀 치워!"

서로 뒤엉킨 덕분에 날아드는 검이 확연히 줄었다.

이젠 다른 사람을 챙길 여유까지 생겼다.

'천영영은?'

힐끗 돌아보니 제갈연처럼 한 방에 딱딱 제압하지는 못해도 제법 잘 싸우고 있었다.

내버려 둬도 쉽게 무너지지는 않을 것처럼 보였다.

'다행…… 헛!'

내심 안도하던 제갈연이 순간적으로 치고 들어오는 매서운 권풍에 헛바람을 들이켜며 뒤로 물러섰다.

그리고는 권풍의 주인을 확인한 제갈연이 안타깝다는 목소리로 말했다.

"주혜야……."

언주혜는 더욱 표독스럽게 눈매를 좁혔다.

"누구 이름을 함부로 부르는 거야? 배신자 주제에!"

"주혜야, 그런 게 아니라……."

"내 이름 함부로 부르지 말라니까! 그리고 그런 게 아니면 뭔데? 저기 남궁 오라버니를 보고도 그런 말이 나와?"

남궁서천을 언급하는 언주혜의 말에 제갈연은 입을 닫았다.

그러나 언주혜는 그럴 생각이 없는지 더욱 잔인하게 쏘아붙였다.

"다 쓰러져 가는 가문 출신에 무공도 약한 계집을 그래도 오대세가라고 받아 주니까 한다는 짓이 겨우 그거야? 배은망덕이라는 말이 무슨 뜻인지는 알아? 아, 맞다. 알 리가 없겠지. 개도 지 먹이 주는 인간은 안 건드려. 개보다도 못한 년이니 알 리가 있나."

제갈연은 감정보다 이성이 앞서야 한다고 배웠다.

실제로도 그러려고 부단히도 노력했다.

그런데 알고 지내던 동생에게 쌍욕을 먹고도 이성을 유지할 만큼 수련이 깊지는 못했다.

제갈연이 지그시 입술을 깨물었다.

"너 말 계속 그렇게 할 거야?"

"왜? 내가 뭐 틀린 말 했어? 그리고 누가 나한테 말 놓으래? 건방지게!"

언주혜가 매섭게 돌진했다.

그러나 제갈연은 입가에 냉소를 머금었다.

'멍청한.'

검이 권보다 길다. 권으로 검을 상대하려면 조금씩 빈틈을 봐 가며 거리를 좁혀야 한다.

언주혜처럼 무식하게 덤벼드는 건 죽여 달라고 목을 들이미는 것이나 다름없다.

'일초에 끝내는 게 좋겠지?'

언주혜 말고도 상대해야 할 이들이 많다.

체력을 아껴야 한다.

더군다나 언주혜가 밥상까지 차려 줬다. 줘도 못 먹는 건 병신이다.

'조금 더.'

제갈연은 빠르게 다가오는 언주혜를 주시하며 거리를 쟀다.

언주혜는 오래지 않아 제갈연의 거리로 들어섰다.

제갈연은 조금도 방심하지 않고 신중하게 힘을 썼다.

그리고 그것은 언주혜에겐 재앙이 되었다.

빡!

"악!"

오른손을 얻어맞은 언주혜가 공중에서 한 바퀴 휘리릭 돌더니 그대로 바닥에 꼬꾸라졌다.

쿵!

순간적인 충격에 숨이 턱 하고 막혔다. 그러나 그게 문제가 아니다.

"어? 어? 내, 내 손!"

주먹이 완전히 박살 났다. 뼛조각이 툭툭 살을 비집고 튀어나오며 핏물이 줄줄 흘러내렸다.

비명을 지르는 언주혜의 모습에, 순간 제갈연의 얼굴에 망설임이 자리했다.

"내가? 어? 어? 그게⋯⋯."

뒤늦게 도착한 주진성이 기회를 놓치지 않았다.

"이 독한 년!"

주진성의 목검이 매섭게 찔러 왔다.

그때 재빨리 끼어든 천영영이 어렵사리 주진성의 목검을 걷어 냈다.

탁!

"너 뭐 하는 거야!"

한발 물러선 주진성이 천영영을 노려봤다.

천영영은 주진성에게서 시선을 떼지 않으며 제갈연을 다 그쳤다.

"정신 차려! 지금 넋 놓고 있을 때야?"

"하, 하지만……."

"하지만은 무슨 하지만이야? 네가 쓰러트리지 못했으면 반대로 네가 똑같은 꼴을 당했을 거야! 그러니까 얼른 정신 차려!"

그러나 거기까지였다.

아직 천영영으로서는 제갈연까지 챙길 여유가 없었다. 이 정도도 무리한 게다.

천영영은 달려드는 주진성에게 목검을 내밀며 뛰쳐나갔다.

그리고 그 순간 제갈연을 노리며 사방에서 목검이 날아들었다.

"지금이야! 잡아!"

"죽어!"

소무결의 목봉이 현란하게 움직였다. 휙 회전하며 사방
에서 날아드는 검을 한꺼번에 걷어 내는가 싶더니 갑자기
쭉 뻗어 나오며 한 번에 여덟 곳을 찍었다.

그리고 그것을 고스란히 받아 낸 용봉관생 하나가 비명
도 지르지 못하고 튀어 나갔다.

"아싸! 다섯 놈 잡았고!"

소무결이 신이 나서 목봉을 이리저리 휘둘렀다.

동작 하나하나가 경쾌하게 박자를 타며 부드럽게 움직였
다. 그야말로 무아지경이었다.

이제는 소무결을 둘러싼 용봉관생들이 접근할 엄두조차
내지 못했다.

"이놈!"

"그만해!"

보다 못한 팽가혁과 백운설이 동시에 달려 나갔다.

목검과 목도가 좌우에서 예리하게 날아들었다.

그러나 소무결은 조금도 동요하지 않았다.

우로 한 보 크게 움직여 아예 백운설의 거리에서 벗어나

서는 팽가혁의 도만 받아 냈다.

도와 봉이 맞부딪치는 순간, 소무결이 봉을 비스듬하게 틀자 팽가혁의 도가 쭉 미끄러졌다.

"이런!"

팽가혁이 당황해서 목소리를 내 보지만 이미 늦은 뒤였다.

소무결이 봉을 휙 하고 돌려 팽가혁의 옆구리를 후려쳤다.

픽!

"악!"

팽가혁이 옆구리를 부여잡고 바닥을 굴렀다.

마무리를 하려 눈을 빛내던 소무결이 이내 아쉬운 눈으로 한발 물러섰다.

백운설의 검풍이 매섭게 찔러 들어왔기 때문이다.

소무결이 난감한 눈으로 백운설을 쳐다봤다.

"야, 그냥 물러나서 구경만 하고 있으면 안 될까?"

"싫어!"

백운설이 입술을 꼭 깨물었다. 소무결이 끙 하고 앓는 소리를 냈다.

"이거 성질대로 하기도 곤란하고……."

소무결이 힐끔 모용기를 돌아보자, 그는 해맑게 웃으며 손을 흔들었다.

"저 자식은 뭔 생각으…… 헛!"

얼굴을 구기던 소무결이 갑작스레 찔러 들어오는 백운설의 검에 헛바람을 들이켜며 한 걸음 물러섰다.

"에이 씨! 나 고민하고 있는 거 안 보여?"

"그걸 말이라고 해? 누가 싸우다가 딴생각하래?"

"너 때문이잖아! 괜히 끼어들어서 사람 곤란하게나 하고!"

"곤란하긴 뭐가 곤란해? 싸우면 되는 거지."

백운설이 한꺼번에 네 방위를 점하며 찔러 들어왔다.

화산의 이십사수매화검법의 매화점점이란 초식이었다.

현란하게 움직이는 소무결의 봉을 제어하기 위함이었다.

그러나 소무결은 동요하지 않고 침착하게 봉을 찔러 넣었다.

탁 하고 소리가 나더니 백운설의 검이 휙 돌아갔다.

그 순간 나머지 세 개의 검이 씻은 듯이 사라졌다.

소무결이 정확하게 실체를 잡아낸 게다.

"어?"

백운설이 당황한 얼굴을 감추지 못할 때, 소무결이 재빨리 거리를 좁혀 오며 목봉을 짧게 쳤다.

퍽!

"악!"

아랫배를 얻어맞은 백운설이 반사적으로 허리를 굽혔다.

소무결은 그것을 놓치지 않고 백운설의 뒷목을 가볍게 가격했다. 풀썩하며 백운설이 힘없이 쓰러졌다.

"이 정도면 되겠지? 일단 좀 쉬고 있으라고."

소무결이 뺨을 긁적이며 중얼거렸다.

그러나 이내 한 걸음 물러서며 목봉을 휘둘렀다.

강맹한 기세로 치고 들어오던 팽가혁의 목도가 쭉 밀려났다.

그러나 그걸로 끝이 아니었다.

소무결은 목봉을 휘리릭 돌리며 한 바퀴 더 회전했다.

한발 늦게 달려들던 무호반 관생들의 목검이 탁, 탁, 탁 소리를 내며 튕겨져 나갔다.

"이 새끼들이 비겁하게!"

얼굴은 흥분한 듯이 씩씩거렸지만 눈은 전혀 그렇지 않았다.

냉정한 눈으로 주위를 살피며 침착하게 봉을 썼다. 그리고는 착실하게 숫자를 줄여 나갔다.

픽! 픽!

"악!"

"어억!"

무호반 관생들이 팍팍 튀어 나갔다. 한발 물러서서 숨을 가다듬던 팽가혁은 뒷덜미가 서늘했다.

'저 녀석이 언제 저기까지……'

분명 몇 달 전까지만 해도 자신과 큰 차이가 없었다.

내심 우습게 보는 마음도 있었다.

상극인 남궁진생을 상대로 검시를 치렀다고는 하나, 낮은 순위를 배정받은 것 역시 사실이었다.

그런데 단 몇 달 만에 다른 사람이 되어 있었다.

팽가혁이 어금니를 꽉 물었다.

'여기서 잘라야 해.'

모용기 하나면 끝날 줄 알았다. 하지만 그게 아니었다.

명진이나 소무결도 너무 큰 위협이었다.

어쩌면 제갈연과 운현, 천영영도 마찬가지일 수 있었다.

"뭐 해? 한꺼번에 쳐!"

팽가혁이 무호반 관생들을 향해 윽박지르며 계속해서 밀어 넣었다.

소무결이 무호반 관생들을 상대하는 와중에도 팽가혁을 흘겨봤다.

"비겁한 새끼! 그럼 네가 나서던가!"

그러나 팽가혁은 소무결의 도발에 일절 반응하지 않았고, 냉정한 눈으로 소무결의 움직임을 쫓았다.

'딱 한 번이다!'

애초에 팽가의 도는 타구봉법을 상대할 만한 기교가 부족했다.

도를 선택한 것 자체가 기교보다는 힘으로 승부를 보겠

다는 의미였다.

그런데 타구봉법에 대한 이해도가 제법 높아지는 바람에 팽가혁의 힘이 소무결에게 통하지 않게 된 게다.

팽가의 오호단문도가 타구봉법에 비해 떨어지는 무공은 아니었지만, 쓰는 사람이 소무결과 팽가혁이라는 데 차이가 있었기 때문이었다.

그렇다면 방법은 하나였다.

단 한 번의 틈을 노리는 게다.

그리고 기다림은 길지 않았다.

소무결이 뒤에서 치고 들어오는 무호반 관생에게 시선을 돌리는 순간, 팽가혁이 땅을 박찼다.

그리고는 앞을 막고 있는 무호반 관생을 어깨를 가볍게 밟으며 도약했다.

"어?"

어깨를 밟혀 얼굴을 찡그리며 시선을 들던 무호반 관생의 두 눈이 순간 휘둥그레졌다.

팽가혁이 거의 이 장 높이까지 치솟아 오른 게다.

"이놈!"

팽가혁이 쩌렁쩌렁하게 소리쳤다.

빠르게 시선을 돌리던 소무결이 얼굴을 구겼다.

'무식한 놈!'

얼핏 보기에도 무지막지한 힘이 담겼다.

오호단문도에서도 가장 패도적인 초식, 웅패군산이었다.

어설프게 막으려다간 봉이 부러질 터.

그러나 소무결은 눈곱만큼도 걱정하지 않았다.

'멍청하면 몸이 고생이라니까.'

소무결은 떨어져 내리는 팽가혁을 등진 자세 그대로 한 걸음 앞으로 나아갔다. 그리고는 봉만 뒤로 쭉 뺐다.

소무결의 봉이 팽가혁의 다리를 탁 하고 쳤다. 그걸로 충분했다.

떨어져 내리던 팽가혁의 중심이 무너졌다.

"어?"

그러나 당황할 틈도 없었다. 시커먼 흙바닥이 먼저였다.

쿵!

"컥!"

숨이 턱 하고 막혔다.

켁켁거리며 필사적으로 숨통을 틔웠다.

한참이 지난 후에야 간신히 숨통을 열고 호흡을 고른 그가 뒤늦게 소무결을 떠올리며 번쩍 고개를 들었다.

소무결이 안쓰럽다는 눈으로 팽가혁을 쳐다봤다.

"그러게 왜 뛰고 지랄이야?"

팽가혁의 얼굴이 시뻘겋게 달아올랐다.

"너 이 새끼!"

점잖은 척하던 팽가혁의 입에서 드디어 쌍욕이 터져 나왔다.

그러나 소무결은 조금도 감흥이 없었다. 오히려 픽 웃어 보였다.

"이제 그만 쉬어라."

소무결의 봉이 팽가혁의 머리를 정통으로 내리찍었다.

픽!

박 터지는 소리가 들린 직후, 팽가혁의 신형이 축 늘어졌다.

쯧 하고 한 차례 혀를 찬 소무결이 이내 시선을 돌려 자신을 둘러싼 무호반의 관생들을 노려봤다.

"많이 기다렸지? 이제 제대로 해보자고."

소무결의 말에 누군가가 마른침을 꿀꺽 삼켰다.

백운설이 쓰러지는 모습에 싸늘한 얼굴로 자리를 박차고 일어난 조화심은 그대로 자리를 떠 버렸다.

그러나 홍소천은 그런 그에게 관심조차 주지 않고 현란하게 봉을 다루는 제자를 보며 낄낄거리기에 바빴다.

"그렇지! 저게 타구봉법이지! 개 잡는 데는 최고라니까!"

팽도명이 자리를 박차고 일어섰다.

"지금 팽가의 아이를 두고 개라고 한 거요? 아무리 개방주라고는 하나 말이 너무 심한 것 아니오?"

홍소천이 팽도명을 쳐다봤다.

"말이 심해? 내가?"

"그럼 아니란 말이오? 당장 사과하시오!"

팽도명이 씩씩거리며 언성을 높였다.

하나 홍소천이 어이없다는 얼굴로 고개를 저었다.

"그게 심한 거면 백 명이 다섯을 상대로 덤벼든 건 뭔데? 이건 심한 게 아니고?"

일순 할 말이 없어진 팽도명이었다.

그런 그를 싸늘한 눈으로 바라보던 홍소천이 말을 이었다.

"억울하면 정식으로 문제 제기해. 문제가 되면 생사결이든 뭐든 받아 줄 테니까."

"이, 이……!"

팽도명이 분을 삭이지 못하고 몸을 부들부들 떨며 눈에 핏발을 세우자, 이청강이 나서며 만류했다.

"팽 장로, 진정하시오."

"지금 그게 나보고 하는 말이오? 이 꼴을 보고?"

"그렇다고 여기서 홍 방주와 한바탕할 수도 없는 노릇 아니오? 나중에 정식으로 얘기합시다."

이청강이 홍소천의 눈치를 보며 나직이 말했다.

옆에 있던 당화기도 팽도명을 잡아끌었다.

"이 장로 말이 맞소. 일단 참으십시오. 나중에 얘기합시다."

당화기가 팽도명을 좋은 말로 달래며 자리에 앉혔다.

그 꼴을 보던 홍소천이 픽 웃음을 보이더니 관심을 꺼 버렸다.

그리고는 다시 중간시가 벌어지는 연무장으로 시선을 돌렸다.

홍소천은 정각, 종리혜, 당소문과 어우러지는 명진을 보며 감탄을 자아냈다.

"무결이도 무결인데, 명진이 저놈은 어떻게 생겨 먹은 게 저렇게 무지막지한 게냐?"

소무결이 제법 빠르게 백운설과 팽가혁을 제압했다고는 하나, 엄밀히 말하면 하나씩 상대한 게다.

반면 명진은 동시에 셋을 상대하면서도 오히려 압도하고 있었다.

팽가혁이나 백운설과는 달리 정각이 신중한 성정이 아니었다면, 그리고 그들을 돕는 무호반의 관생들이 아니었다면 진즉에 제압하고도 남았을 게다.

"그러게 말이다. 무당에 있을 때도 저 정도는 아니었는데……."

명진의 실력은 충허가 가장 잘 알고 있었다.

또래 중에서는 두각을 보인다고는 하나, 그 나이대의 충허에 비해서는 떨어졌다.

자질은 충분했지만 기질이 무당의 태극검법과 맞지 않았기 때문이다.

이는 왕년의 충허 역시 마찬가지였다.

실제로 충허는 태극검법이 아니라 날카롭기로는 둘째가라면 서러울 신문십삼검으로 강호에서 이름을 떨쳤다.

스스로의 성정을 고려해서 내린 선택이었고, 결론적으로는 대성공이기도 했었다.

그런데 명진은 태극검법을 선택했다. 그게 그 나이대의 충허와 명진의 차이였다.

그러나 몇 달 사이에 명진의 검이 변했다.

특유의 예기 덕분에 뚝뚝 끊어지는 듯했던 태극이, 이제는 여전히 날을 세운 채 부드럽게 이어지고 있었다.

자세히 보면 약한 고리를 찾을 수는 있었지만, 그것은 충허나 홍소천 정도 되는 무공의 대가들이나 찾을 수 있을 정도로 미약했다.

명진의 검이 경지를 앞두고 있다고 해도 과언이 아닐 정도로 성장한 게다.

몇 달 사이에 그 나이대의 충허를 한참이나 앞서고 있었다.

충허가 홍소천을 쳐다봤다.

"도대체 저 아이에게 무슨 일이 있었던 건가?"

"그걸 왜 나한테 물어봐? 나중에 잘난 네 제자한테 물어
봐."

홍소천이 얄밉게 대꾸하자, 충허가 못마땅하다는 얼굴로
눈썹을 꿈틀거렸다.

그러나 한쪽에 있던 진주언가 출신의 장로 언태진이 벌
떡 일어서며 충허의 흥분을 가라앉혔다.

"주혜야!"

그리고 충허의 옆에 있던 제갈곡이 뒤이어 자리에서 벌
떡 일어섰다.

"이런!"

제갈연을 노리며 네댓 개의 검이 동시에 날아들었다.

그러나 제갈연은 여전히 멍청한 눈으로 미동조차 하지
않고 있었다.

급하게 달려온 운현이 제갈연의 뒷덜미를 낚아챘다.

"뭐 하는 거야?"

제갈연이 흔들리는 눈으로 여전히 비명을 지르고 있는
언주혜를 찾았다.

"나…… 일부로 그런 게…… 어?"

"알았으니까 일단 비켜!"

운현이 거칠게 제갈연을 밀쳐 내자 제갈연이 비틀거리며 물러섰다.

그러나 운현은 그것을 신경 쓸 겨를이 없었다.

주변을 둘러싼 무호반 관생들을 헤집으며 조일장이 나서고 있었기 때문이었다.

조일장은 제갈연을 힐끗 쳐다보고는 운현을 노려봤다.

"비켜라."

운현의 눈이 조일장의 뒤를 훑었다.

'대충 열 명인가?'

소무결과 명진이 워낙 설치고 있어서 그쪽으로 많이 몰려갔다고는 하나, 아직도 남은 숫자가 많았다.

천영영은 주진성과 예닐곱의 무호반 관생들을 상대하느라 여력이 없었고, 제갈연은 아예 정신이 나갔다.

그렇다 보니 자신 혼자서 감당해야 할 수밖에 없는 상황.

운현이 끙 하고 앓는 소리를 냈다.

"나도 그러고 싶긴 한데, 사정이 있어서 말이지."

"그렇다면 더 이상 할 말은 없겠군. 다들 쳐!"

조일장은 언주혜와 달랐다.

혼자 나서지 않고 무호반 관생들을 내세우며 그 속으로 섞여 들어갔다.

"비겁한 새끼."

순간 서너 개의 검이 쭉 뻗어 들어왔다.

운현의 검은 명진의 검과 달랐다.

그처럼 길게 원을 그으며 한꺼번에 걷어 내지 못했던 운현은 대신 짧게 툭툭 쳐내며 하나씩 걷어 냈다.

그런데 워낙 교묘하게 움직여서 흡사 한꺼번에 튕겨져 나간 것처럼 보였다.

당연히 공간이 열렸다.

한 걸음만 나아가면 두어 명은 충분히 잡아낼 수 있을 정도.

그러나 운현은 섣불리 들어갈 수 없었다.

조일장의 권이 교묘하게 날아들며 운현이 운신할 폭을 제한했던 것이다.

"미치겠네, 이거."

물론 조일장의 권이 두려운 건 아니었다.

제갈연처럼 상대의 경로가 일목요연하게 보이는 수준까지는 아니었으나, 운현도 이제 어느 정도는 잡아낼 줄 알았다.

욕심 부리지 않고 차근차근 상대하면 조일장을 포함해서 모조리 제압할 자신도 있었다.

그러나 문제는 등 뒤의 제갈연이었다.

그녀를 버릴 것이 아니라면 버티는 게 고작이었다.

상대를 제압하는 것보다 두 배는 힘들었다.

운현이 얼굴을 구기며 버럭 소리쳤다.

"아 진짜! 빨리 좀 끝내고 여기 도와 달라고!"

"맞으라고, 좀!"

종리혜의 검이 바쁘게 움직였다. 종리혜의 검은 빠르고 화려해서 흡사 둥그런 검막을 형성한 것만 같았다.

대성하게 되면 구름 같은 검기가 피어오른다는 종남의 유운검법이다.

보기만 해도 눈이 어지러울 지경이다.

그러나 명진은 전혀 동요하지 않았다.

그저 고요한 눈으로 쳐다보다 획 하고 한 차례 검을 긋는 게 전부였다.

그리고는 탁 소리가 나더니 검막이 우르르 무너져 내렸다.

"어?"

종리혜의 두 눈에 당황이 깃들었다.

그와 더불어 잠깐 멈칫하는 사이 허점을 드러냈다.

마음만 먹으면 단번에 제압이 가능했다.

그러나 명진은 눈길도 주지 않고, 뒤이어 날아드는 무호반 관생들의 검을 부드럽게 받아넘겼다.

그 사이에 숨어 있는 정각의 주먹이 제법 무섭기 때문이었다.

"물러서라!"

서너 개의 목검 사이에 교묘하게 섞여 들어오는 정각의 주먹에는 만만치 않은 경력이 실려 있었다.

그래서 섣불리 움직이지 않으며 정각을 경계했다.

명진이 태극을 그리며 자신을 경계하자 정각도 함부로 움직이지 못했다.

그러자 그의 눈에도 종리혜 못지않게 당황스러운 감정이 깃들었다.

'이게 어떻게 가능하지?'

불과 몇 달 전까지만 해도 자신과 큰 차이가 없었다.

명진이 조금 앞서간다고 해도 손을 뻗으면 잡힐 만한 거리였다.

그런데 이제는 뒤꽁무니조차 눈으로 좇을 수 없을 정도로 멀어졌다.

'빌어먹을!'

명진이 천재라고는 하나 그것은 자신이나 남궁서천 역시 마찬가지였다.

그에 비해 조금 손색이 있다고는 해도 그게 몇 달 만에 이 정도로 수준이 벌어질 정도는 아니었다.

그랬다면 애초에 더 많은 격차가 벌어졌어야 하는 게 정상이었으니까.

'대체 이게……'

수련을 게을리 한 것도 아니었다.

모용기에게 자극을 받은 것은 정각 역시 마찬가지였다.

태어나서 처음으로 수련하다 죽겠다는 각오로 노력했다.

그런데도 받아 든 결과는 실망을 넘어 경악스러울 정도였고, 도저히 납득할 수가 없었다.

그럼에도 하나는 확실했다.

'무조건 여기서 잡아야 한다!'

용봉관생 전체의 삼 할 이상이 명진에게 달라붙었다.

명진이 아무리 대단하다고 해도, 이 정도의 수를 감당하지는 못할 것이다.

그럼에도 불구하고 잡아내지 못한다면, 도리어 용봉관뿐만 아니라 구파일방에 명진의 이름을 알리는 데 돕게 될 터였다.

물론 자신이 설 자리는 그만큼 적어질 게 분명했다.

그렇게 정각이 잠시 생각에 잠겨 있는 그때.

퍽! 퍽!

"악!"

"아얏!"

또 다시 무호반 관생 둘이 쓰러졌다.

명진이 저답지 않게 신중하게 검을 쓴다고는 하나, 기본적인 공격성은 어디 간 게 아니었다.

수면 아래에서 숨을 죽이고 있다가 계산이 서면 번개같

이 움직이며 상대를 잡아내는 게다.

그리고 이런 식으로 잡아낸 게 벌써 두 자릿수가 넘어갔다.

숫자가 줄어든다는 건 놈의 검이 점점 목 밑으로 접근한다는 의미였다.

"이놈!"

정각이 주먹을 뻗었다.

작정하고 상당한 내력을 담았는지 공간이 일그러졌다. 상당히 위협적이었다.

하나 마치 그것을 기다렸다는 듯 명진의 검이 태극을 그렸고, 태극은 정각의 주먹을 단숨에 집어삼켰다.

"이런!"

정각이 당황한 음성을 감추지 못했다. 그러나 그 와중에도 머리를 굴렸다.

'태극은 거슬러서는 안 된다!'

남궁서천이 어떤 꼴을 당했는지를 똑똑히 지켜봤던 그였다.

그렇기에 정각은 명진의 태극에 그대로 팔을 내준 채 명진이 휘두르는 대로 이끌려 다녔다.

그러나 그게 실수였다.

"어? 이게 뭐야?"

"야! 조심해! 그러다 정각이 맞는다고!"

"그만두지 못해? 이게 뭐 하는 거야?"

다급한 심정이 훤히 드러난 정각.

어쩔 수 없는 일이었다.

명진이 그를 방패로 삼고는 이리저리 끌고 다니며 용봉관 관생들의 검을 막았던 것이다.

정각이 뒤늦게 힘을 써 빠져나가려 했지만 이러한 호재를 놓칠 명진이 아니었다.

부드럽게 태극을 그리며 정각이 힘을 쓰지 못하도록 제어한 채 제멋대로 끌고 다녔다.

"그만둬!"

보다 못한 종리혜가 급하게 검을 들었다.

그러나 종리혜는 명진이 노리는 바가 아니다.

이번에도 여전히 태극에서 헤어 나오지 못하는 정각을 앞세웠다.

"이! 이!"

종리혜가 분통을 터트리며 물러섰다.

그리고 그 순간 날카롭게 벼려진 명진의 감각에 미약한 파공성 몇 개가 잡혔다.

'지금!'

명진이 눈을 번뜩이며 검을 던졌다. 힘없이 딸려 간 정각이 무호반 관생 몇과 뒤엉키는 순간, 명진의 두 손이 부드럽게 태극을 그렸다.

무당의 또 다른 절기인 태극권이었다.

"어?"

자신이 암기 대신 사용한 이십여 개의 돌멩이가 명진의 두 손이 그려 내는 태극에 갇히자, 당소문이 눈을 동그랗게 떴다.

그러나 명진은 거기서 멈추지 않았다.

상체를 뒤로 휙 젖히더니 자신이 그려 낸 태극을 찢어 버렸고, 그 안에 갇혀 있던 이십여 개의 돌멩이가 사방으로 튀어 나갔다.

퍼퍼퍼퍽!

"컥!"

"악!"

"아악!"

손가락만 한 돌멩이라고 우습게 볼 게 아니었다.

당가의 암기수법으로 펼쳐 낸 것에 명진의 힘이 더해진 상황.

십여 명의 관생들이 비명을 지르며 사방으로 튀어 나갔다.

혼란스러운 틈을 놓치지 않고 명진의 신형이 쭉 뻗어 나갔다.

그리고 다가오는 명진과 시선을 맞춘 당소문이 당황했다.

"이! 이런!"

당소문은 가장 까다로운 상대였다.

본신의 실력은 정각에게 미치지 못하지만, 집단전이 펼쳐지는 중심에서 한 걸음 물러난 뒤 보이는 실력은 상당히 위력적이었다.

지금껏 명진이 제대로 운신하지 못한 것은 정각보다 당소문의 영향이 더 지대했다.

가장 먼저 제압해야 할 녀석이었다.

"이익!"

당소문이 뒤늦게 용조수로 명진에게 대항하려 했지만, 이미 한발 늦었다.

명진의 주먹이 용조수 사이로 스르륵 흘러들었다.

얼굴을 노리고 파고드는 명진의 주먹이 당소문의 두 눈을 가득 채웠다.

"망할!"

당소문이 눈을 질끈 감았다.

그런데 그 순간 누군가가 당소문을 쏙 하고 뽑아냈다.

그 탓에 명진의 주먹은 팡 하고 공허한 허공을 가를 뿐이었다.

주먹을 거둬들인 명진이 못마땅하다는 얼굴로 입을 뗐다.

"뭐냐?"

얼떨떨한 눈으로 자신을 쳐다보는 당소문을 무시한 채 명진을 보며 히죽 웃는 사내.

"얘가 내 사돈이거든."

모용기였다.

"그래서?"

"얘가 무호반 가면 형수한테 한소리 들을 것 같아서 말이지."

당소문과 모용기를 번갈아 쳐다보던 명진이 이내 얼굴을 찡그렸다.

"그 녀석은 위협이 된다."

"알아. 그래서 이렇게 하면 되지."

모용기가 여전히 멍청한 눈으로 쳐다보는 당소문을 툭툭 건드렸다.

명진이 신법을 배울 때 매번 당했던 바로 그 수법이었다.

몸이 급격히 무거워지는 감각에 당소문이 크게 당황해했다.

"뭐, 뭐야 이거?"

모용기는 당소문의 어깨를 툭툭 쳤다.

"무호반 가기 싫으면 가만히 있어라."

그 모습을 가만히 지켜보던 명진은 무슨 생각이 들었는지 시선을 힐끗 돌렸다.

"저쪽은 안 도와주나?"

제갈연을 말하는 게다.

운현이 워낙 고래고래 소리를 지르는 바람에 모르려야 모를 수가 없었다.

그러나 모용기는 고개를 저었다.

"걱정 안 해도 돼. 그보다 남 걱정 말고 네 걱정이나 하는 게 어때? 쟤네들 잔뜩 독이 올랐는데."

그리고는 명진의 뒤를 향해 슬쩍 턱짓을 했다.

잔뜩 독이 오른 종리혜와 정각을 필두로 스무 명 남짓한 무호반 관생들이 씩씩거리며 다가섰다.

그러나 그것엔 관심조차 없는지 명진은 다른 걸 질문해 왔다.

"혹시 무결이도 네가 말린 거냐?"

한쪽에서 무호반 관생들과 어울리고 있는 소무결은 사실상 제어할 수단이 없었다.

원한다면 언제든지 운현에게 합류할 수 있었다.

그럼에도 소무결은 여전히 그 자리를 지키고 있었다.

모용기는 대답 대신 웃기만 했다.

명진이 픽 웃으며 몸을 돌렸다.

"오래 안 걸린다."

"아 진짜!"

조일장은 영악했다.

운현이 생각보다 제법 잘 싸우자 굳이 그와 대적하지 않은 채 무호반 관생들을 움직여 제갈연을 노렸다.

그렇다 보니 운현으로선 죽을 맛이었다.

열린 공간에서 제갈연을 보호하기 위해 끊임없이 움직여야 했기 때문이다.

"이 새끼들이 치사하게! 그냥 나한테 덤비라고!"

그러나 누구도 귀담아 듣지 않았다.

백 명이 여섯 명을 상대하기로 한 그때부터 이미 얼굴에 철판을 깔았다.

철저하게 제갈연만을 노렸고, 운현이 막아서면 무리하지 않고 뒤로 빠졌다.

"미치겠네, 진짜!"

운현의 얼굴이 점점 더 구겨졌다.

태허검법의 현묘함에 기대서 제법 막아 내고 있지만 막아야 할 공간이 너무 많았다.

제갈연을 중심으로 빙빙 돌며 적의 검을 걷어 내는 것은 심각하게 체력을 소모하는 일이었다.

이대로라면 얼마 지나지 않아 지치고 말 터.

아니, 그 전에 제갈연이 먼저 당할 게다.

상황이 나빴다.

"야! 정신 좀 차리라고! 응?"

하나 제갈연은 여전히 멍청한 눈으로 실려 나가는 언주

혜의 뒷모습만 좇을 뿐, 운현의 다그침에도 미동조차 보이지 않았다.

여태껏 멀쩡한 게 용했다.

그러나 그것도 오래가지 못했다.

드디어 일이 났다. 조일장이 운현의 거리 밖에서 제갈연에게 접근한 게다.

"야 인마! 하지 마!"

그러다 조일장은 들은 척도 하지 않았다.

어렵게 잡은 기회. 일단 제갈연부터 제압해야 했다.

"받아라!"

조일장의 주먹이 직선으로 뻗어 나갔다. 운현의 검처럼 현묘한 변화도 없었고, 정각의 주먹처럼 공간을 일그러트리는 강력한 기운도 없었다. 그렇다고 빠르지도 않았다.

그러나 운현의 얼굴이 하얗게 질렸다.

"저 미친놈이!"

공동파의 비전절기인 칠상권을 운현이 알아본 게다.

칠상권은 겉으로 보기에는 평범했지만 적중하는 순간 일곱 개의 진기가 침투하여 근맥을 부숴 버리는 내가중수법의 일종이었다.

아직 조일장의 화후가 깊지 않다 하더라도 제대로 적중하면 제갈연을 폐인으로 만들기에는 부족함이 없었다.

운현이 다급한 얼굴로 소리쳤다.

"칠상권이야! 피하라고!"

그러나 제갈연은 여전히 멍청한 얼굴로 쳐다보기만 했다. 조일장이 회심의 미소를 보였다.

'잡았다!'

드디어 하나를 잡는 순간이었다.

그리고 그녀까지 딱 한 걸음 남은 그 순간.

"하, 하지 마!"

제갈연이 주춤거리며 검을 들더니 조일장의 주먹을 향해 휙 하고 휘둘렀다.

언주혜가 어떻게 당했는지 똑똑히 봤던 조일장은 심장이 덜컥했다.

"헉!"

헛바람을 들이켜며 급하게 주먹을 빼려 했다.

그러나 제갈연의 검이 더 빨랐다.

얼굴에서 핏기가 가신 조일장이 두 눈을 질끈 감았다.

툭.

그런데 예상했던 충격은 없었다. 그저 팔이 쭉 밀려나는 느낌만 있었다.

조일장이 조심스레 눈을 떴다.

"오…… 오지 마!"

제갈연이 금방이라도 울음을 터트릴 것 같은 얼굴로 주춤거리며 물러섰다.

운현이 눈을 동그랗게 떴다.

"너……!"

그러나 무호반 관생들이 기회를 놓치지 않았다.

서로 눈빛을 교환하더니 한꺼번에 제갈연을 노렸다.

"쳐!"

"이! 이런!"

운현이 당황해서 소리를 높였다. 그러나 운현이 한발 늦었다.

순식간에 제갈연의 코앞까지 근접한 여섯 개의 목검이 서로 다른 요혈을 노리며 찔러 들어갔다.

누구라도 위태로울 수밖에 없는 상황.

"하지 말라니까!"

제갈연은 여전히 울먹거리는 목소리로 한 걸음 뒤로 물러서더니 목검을 쭉 그었다.

한 걸음에 세 개의 검을 피했고, 검을 한 번 휘둘러 세 개의 검을 걷어 냈다.

단순해 보여도 감히 따라 할 엄두를 낼 수 없을 정도로 깔끔했다.

"어, 어라?"

"어? 이게 뭐야?"

당황하는 관생들을 보며 운현이 헛웃음을 흘렸다.

"헐…… 하긴, 누가 누굴 보호하겠다고……."

자신이 단 한 번도 이겨 본 적 없는 제갈연이었다.

이겨 본 적은커녕 스무 초 이상 받아 낸 적도 한 손으로 꼽을 만큼 적었다.

운현이 얼굴을 구겼다.

"에이 씨. 진즉에 그랬으면 이 고생 안 했을 거 아냐? 아니, 그보다……."

운현이 멍청한 눈으로 제갈연을 쳐다보는 조일장을 노려봤다.

"이제 제대로 해볼 수 있다는 말인데……."

"너!"

천영영의 검에 아랫배를 강타당한 주진성이 눈을 부릅떴다.

그러나 이내 허리를 숙이며 아랫배를 움켜쥐었다.

숨이 턱 막히는 듯한 극심한 고통에 절로 얼굴이 구겨졌다.

그 모습을 보자 약한 마음이 슬며시 고개를 치켜들었다.

그러나 천영영은 입술을 지그시 깨물며 억지로 약한 마음을 눌러 담았다.

그리고는 검을 들어 주진성을 강하게 후려쳤다.

퍽!

그는 비명도 지르지 못한 채 힘없이 무너졌다.

천영영은 그제야 안도의 한숨을 내쉴 수 있었다.

"하아······."

도가의 성지 청성을 대표하는 단어는 상선약수다.

지극히 선한 것은 물과 같다는 뜻인데, 결국 순리를 거스르지 말라는 말이다.

때문에 청성의 무학은 지극히 자연스러움을 추구했다.

그래서 그 무엇보다 연계를 중요시했다.

검로가 물 흐르듯 자연스럽게 이어지는 것에 중점을 뒀다.

의외성이 부족해서 검로를 예측할 수 있다는 단점이 있었지만, 워낙 연계가 뛰어나다 보니 여간해선 빈틈을 찾기가 어려웠다.

천영영이 주진성을 상대로 제법 오랜 시간 동안 승기를 잡지 못한 이유가 바로 그것이었다.

"힘들어······."

천영영이 목검으로 땅을 짚으며 비틀거리는 몸을 의지했다.

주진성을 포함해서 무려 아홉을 상대했으니 지친 것도 당연했지만, 수없이 쏟아지는 공격을 모조리 걷어 내지는 못해 제법 공격을 허용하다 보니 온몸이 욱신거렸다.

옷을 벗어 보면 멍 자국이 가득할 게다.

특히 주진성에게 일검을 허용한 왼팔에는 자그마한 핏자

국도 맺혀 있었다.

그러나 뿌듯한 감정을 감추지는 못하는지 그녀의 얼굴에는 자그마한 미소가 걸려 있었다.

"이제 끝났냐?"

익숙한 목소리에 천영영이 시선을 돌렸다.

바닥에 쪼그려 앉은 모용기가 히죽 웃으며 손을 흔들었다.

"수고했다."

모용기의 옆에 같이 쪼그려 앉아 있던 소무결이 투덜거렸다.

"뭐야? 사람 차별하냐? 나랑 명진은 칠십 넘게 때려잡아도 본체만체하더니……"

한 걸음 뒤에서 팔짱을 끼고 있던 명진이 소무결을 힐끔 내려다봤다.

그리고는 무심한 얼굴로 스치듯이 말했다.

"내가 더 많이 잡았다."

소무결이 얼굴을 구기며 휙 뒤돌아봤다.

"잘났다, 자식아. 이건 쓸데없는 데서 쪼잔하다니까."

"쪼잔한 게 아니고 사실을 말하는 거다."

"아, 진짜! 알았다고!"

소무결이 입술을 삐죽거렸다. 그리고 만만한 곳에 화풀이를 했다.

"근데 저건 하루 종일 걸려? 고작 조일장 하나 상대하면서?"

"저만하면 잘하는 거지. 넌 저것보다 못했어."

"야! 아무리 그래도 내가 그 정도는 아니지!"

소무결이 발끈했다.

모용기가 픽 웃더니 엉덩이를 툭툭 털며 일어섰다.

"가 보자. 이제 끝나겠다."

쩍!

운현의 검 끝이 조일장의 턱을 직격하자, 눈이 흐릿하게 풀리더니 침을 주르륵 흘렸다.

"아 진짜! 더럽게!"

운현이 기겁을 하며 목검을 거뒀다.

지지대를 잃은 조일장의 신형이 그대로 엎어졌다.

쿵!

그러나 운현은 여전히 경계심을 버리지 않았다.

한 걸음 떨어진 거리에서 목검만 내밀어 조일장을 쿡쿡 찔렀다.

"야, 끝난 거냐?"

조일장은 미동도 하지 않았다. 서너 번 더 찔러 봐도 움직임이 없었다. 확실히 기절한 게 맞았다.

그제야 한숨을 쉬며 그 자리에 주저앉는 운현.

"아, 죽겠다."

운현이 시퍼렇게 멍이 든 눈두덩이를 문질렀다.

"에이, 모양 빠지게. 하필 때려도 여길 때려 가지고."

"왜? 잘 어울리기만 하는구만."

운현이 휙 돌아보자 모용기가 빙글거리며 다가섰다.

"그걸 말이라고 하냐? 이게 다 누구 때문인데?"

"누구 때문이긴. 네 실력이 부족해서 그런 거지. 아냐?"

"아니거든!"

운현이 샐쭉한 얼굴로 제갈연을 힐끔 돌아봤다.

그러나 조일장에게 눈을 얻어맞은 건 제갈연이 스스로를 보호하기 시작한 이후였다.

그 탓에 끙 하며 앓는 소리를 낼 뿐, 입을 다물었다. 대신 소무결과 명진을 노려봤다.

"니들은 뭐 하는데 코빼기도 안 보이는 거야? 도와 달라는 소리 못 들었어?"

"우리도 바빴어. 나만 해도 너의 세 배는 때려잡았거든."

"잘났다, 자식아."

운현과 소무결이 으르렁거렸다.

그 모습에 고개를 절레절레 내저은 모용기는 둘을 지나쳐 제갈연에게 다가갔다.

모용기가 다가오자 제갈연이 움찔하며 주춤거렸다.

"어? 어?"

그리고는 저도 모르게 목검을 세웠다.

모용기가 걸음을 멈추며 픽 웃었다.

"왜? 나도 언주혜처럼 만들게?"

"헉!"

제갈연이 기겁을 하며 목검을 던졌다.

그녀의 얼굴은 금세 새하얗게 질렸다.

소무결이 모용기에게 다가서며 혀를 찼다.

"너도 성격 참 고약하다. 정신 나간 것 같은데 꼭 그렇게까지 말해야 되냐?"

모용기가 소무결을 힐끔 돌아보고는 말했다.

"안 그러면? 내가 있을 땐 그래도 되는데, 혹시나 내가 없을 때 저러면 다치는 건 쟤야. 그나마 다치는 거면 다행이지. 재수 없으면 죽는다고."

"헐⋯⋯."

소무결이 헛웃음을 흘렸다. 그리고는 고개를 절레절레 저었다.

"진짜 살뜰하게도 챙기네. 그래서 어쩔 건데? 저런 건 쉽게 고쳐지지도 않을 텐데."

소무결의 말이 맞았다.

타고난 본성은 쉽게 고쳐지지 않는다. 오죽하면 사람은 고쳐 쓰는 게 아니라는 말도 있지 않던가.

'회귀 전에 하던 거 보면 구제불능은 아니란 말이지.'

그래도 희망이 없는 건 아니다.

시간이 지나면 고쳐질 문제였다.

하나 고민을 해 봐도 그 시간을 줄일 방법이 도통 떠오르지 않았다.

하얗게 질려 있는 제갈연을 쳐다보던 모용기가 이내 끙하고 앓는 소리를 냈다.

"에이 씨! 몰라. 하다 보면 되겠지, 뭐."

"헐. 그게 다야?"

"그럼 어쩌라고? 아무나 잡아다 때려죽이라고 할 수도 없는 거고."

"무식한 새끼."

소무결이 어이없다는 눈으로 모용기를 쳐다봤다.

그러나 마냥 그러고 있을 순 없었다.

그러기에는 당장 닥친 문제가 먼저였다.

소무결이 연무장을 휙 둘러봤다.

"그보다 이거 어쩔 거냐?"

"뭘?"

"뭐긴 뭐야? 누워 있는 애들 말이야. 몇 명 일으켜서 숫자 맞출까?"

용봉관의 승룡반 정원은 스물이다.

그런데 지금 두 다리로 서 있는 건 고작 일곱. 부족해도 한참이나 부족했다.

"뭣하러 그래? 앞으로 시끄러울 일 없어서 좋구만."

"그렇긴 한데…… 우리 사부가 사고치지 말라고 했거든."

"야 인마, 몇 명 일으킨다고 이게 없던 일이 되냐? 그리고 사고는 쟤네가 쳤지, 우리가 쳤냐? 걱정 끊어."

모용기가 시큰둥하게 대꾸했다.

소무결이 입을 다물었다.

그러나 뒤늦게 다가서던 운현이 다시 질문했다.

"그런데 쟤는 왜 내버려 둔 거냐?"

운현이 잔뜩 경계하고 있는 당소문을 향해 턱짓했다.

소무결이 대신 대꾸했다.

"이 자식 사돈이란다."

"헐…… 그놈의 혈연……."

모용기가 어이가 없다는 얼굴로 고개를 젓는 운현을 쳐다봤다.

"네 입에서 그딴 말이 나오냐?"

운현은 일순 대꾸할 말을 찾지 못했다.

명문대파일수록 이런 일은 더했다.

단순히 더하다는 말로는 한참이나 부족했다.

그 사실이 부끄러웠는지 잠깐 얼굴을 붉히던 운현은 슬며시 말을 돌렸다.

"그보다…… 진짜 사상 초유의 사태라고 해도 되겠는데?

승룡반 관생이 일곱이라…… 용봉관 개관 후 최초인 것 같은데……."

그런데 이번에도 틀렸다.

운현의 말이 끝나기가 무섭게 한쪽에 엎어져 있던 백운설이 꼼지락거리며 몸을 일으켰다.

바닥에서 일어서는 백운설을 확인한 모용기가 운현을 쳐다봤다.

"여덟이네. 넌 어떻게 맞는 말이 하나도 없냐?"

모용기의 타박에 운현이 얼굴을 찡그렸다.

모용기는 운현에게서 관심을 끊고 소무결을 쳐다봤다.

그러자 소무결이 머쓱한 얼굴로 변명하듯 말했다.

"내가 너무 살살 쳤나 보네. 이거 아직 힘 조절이 안 돼서……."

그리고는 슬며시 뺨을 긁적이다가 모르는 척 시선을 돌렸다.

백운설이 멍청한 얼굴로 주위를 휘휘 둘러봤다.

"어? 얘네들이 왜 이러고 있대?"

그러다가 무슨 생각을 했는지 화들짝 놀란 얼굴을 했다.

"어? 여기가 어디지? 어라? 내가 누구였더라?"

백운설이 당황한 얼굴로 중얼거렸다.

운현이 픽 웃으며 소무결을 쳐다봤다.

"아니, 네가 너무 세게 쳤나 봐. 힘 조절이 안 되긴 하나
보다."

모용기는 한심하다는 눈으로 소무결을 쳐다봤다.

소무결이 난처한 얼굴로 변명도 하지 못했다.

그날 여덟 명의 승룡반 관생들을 남긴 중간시는 그렇게
끝이 났다.

참룡
회귀록

斬龍回歸錄

중간시를 평가하는 자리에서는 항상 떠들썩한 회의가 진행됐다.

대부분 승룡반 정원보다 많은 수가 두 다리로 마지막을 장식하고 있었고, 그중에서 승룡반 관생을 가려내기 위해 치열한 설전이 오간 것이다.

실력으로든 아니면 자파의 이해관계든 얽힌 것이 많았기 때문이었다.

그런데 오늘만큼은 누구 하나 쉽게 입을 열지 못했다.

침중한 분위기 속에 오로지 홍소천만이 싱글벙글한 얼굴이었다.

"거, 고민할 게 뭐가 있다고. 그냥 규정대로 하자니까.

규정대로 깔끔하게 마지막에 서 있었던 애들만 남기고 나머지는 무호반으로 보내면 될 거 아냐? 안 그런가, 이 장로?"

"커험. 험."

홍소천의 눈길을 받은 이청강이 헛기침을 했다.

아무리 그라 해도 이번만큼은 빠져나가기가 어려웠다.

이미 해 놓은 말이 있었기 때문이다.

그렇다고 주진성을 무호반으로 보낼 수도 없는 노릇이었다.

이청강은 슬며시 고개를 돌리며 상황을 외면했다.

자신이 아니라도 나설 이가 많은 걸 알고 있기 때문이다.

이청강의 예상대로 공동 출신의 장로인 하일평이 대신 나서며 대꾸했다.

"하지만 홍 방주, 승룡반 정원이 스물이오. 절반도 안 되는 여덟만으로 어떻게 승룡반을 운영한다는 말이오?"

홍소천이 콧방귀를 꼈다.

"흥. 안 될 건 뭔가? 어차피 점창의 그…… 어쨌건 점창의 애새끼가 튀는 바람에 애초에 정원도 안 맞지 않았나? 굳이 정원을 맞춰야 할 이유가 있나?"

"꼭 스물을 맞춰야 하는 건 아니지만 정도라는 게 있지 않소? 용봉관의 취지가 건강한 경쟁을 통한 실력 상승이라는 것을 잊은 게요? 고작 여덟으로 무슨 경쟁을 한단 말이오?"

하일평이 논리를 잘 짰다. 팽도명이 화색이 돈 얼굴로 맞장구를 쳤다.

"그럼요. 규정도 규정이지만 취지가 더 중요하지요. 규정이 취지에 어긋난다면 그것은 규정이 잘못된 거지요."

그러자 여기저기서 기대하는 얼굴로 슬며시 고개를 드는 이들이 생겨났다.

홍소천이 픽 웃었다.

"경쟁? 그래, 경쟁 참 좋지. 그런데 말이야. 명진과 우리 무결이 단둘이서 모두를 때려잡았는데, 경쟁이 의미가 있다고 생각해?"

그 말에 앞장서던 하일평과 팽도명의 얼굴이 붉어지며 결국에는 입을 닫고 말았다.

홍소천이 한심하다는 얼굴로 혀를 찼다.

그런데 홍소천의 옆에 있던 정허가 나직하게 한마디 덧붙였다.

"다섯입니다."

"밥상에 숟가락만 올리는 버릇은 나이가 들어도 여전하구만."

"전 사실을 말한 겁니다."

정허의 당당한 얼굴에 홍소천이 얼굴을 찡그렸다.

"거참. 알았네, 알았어. 다섯. 이제 됐나?"

135

만족스러운 답변을 얻은 정허가 다시금 입을 다물었다.

홍소천은 마음에 안 든다는 얼굴로 정허를 노려보다가 안색을 고치며 입을 뗐다.

"어쨌건 경쟁도 상대가 돼야 하는 게지, 백이 덤벼서 다섯한테 깨졌는데 이게 무슨 의미가 있겠나?"

그리고는 용봉관주인 적송을 쳐다봤다.

"자네가 한번 말해 보게. 내 말이 틀렸나?"

홍소천의 시선을 받은 적송이 난처한 얼굴을 했다.

어차피 운현은 살아남았으니 결론이 어찌 돼도 상관없었다.

하나 그렇다고 타파와의 관계를 무시하는 결정을 내리기가 어려웠던 게다.

그 모습을 물끄러미 지켜보던 남궁진생의 얼굴이 무거워졌다.

'어렵겠구나.'

용봉관주가 입장을 밝히기 어려운 때에, 개방주인 홍소천이 주도권을 잡은 상황.

더욱이 오늘의 일은 결코 조용히 덮어질 수 없다는 것을 제일 먼저 눈치 챈 게다.

그렇다면 하나라도 더 끌고 가야 했다.

그게 제일 꼴 보기 싫은 놈이라면 더할 나위가 없다.

"홍 방주의 말이 맞소. 규정대로 하면 될 일이오."

남궁진생의 돌발적인 발언에 팽도명의 눈이 찢어져라 커졌다.

"자네! 그게 지금 무슨 말인가!"

"왜? 내가 틀린 말을 했나?"

"그, 그……."

팽도명이 대꾸할 말을 찾지 못했다.

남궁진생은 팽도명에게 관심을 끊고 다시 홍소천을 쳐다봤다.

"하지만 말이오. 중간시는 원래 실력을 보이는 것이 마지막까지 두 다리로 서 있는 것보다 더 중요한 자리요. 이 부분에 대해서는 어찌 생각하시오?"

남궁진생의 말에 잠자코 있던 이청강이 머리를 굴렸다.

어차피 가라앉을 배라면 같이 죽는 게 상책.

이청강의 얼굴에 화색이 돌았다.

"남궁 장로의 말이 맞소이다. 아무리 규정이 그렇다고는 하나 아무것도 보여 주지 않은 아이를 승룡반에 남겨 둘 수는 없는 노릇이오."

이청강만이 아니었다. 눈치가 빠른 이들이 여기저기서 동조하고 나섰다.

"본인도 그 말이 맞는 것 같소."

"본인 역시 그렇게 생각하오. 자격이 되지 않는 아이를 승룡반에 둬서 물을 흐리는 것보다 낫다고 생각하오."

"본인도……."

그들이 무슨 생각들을 하는지 홍소천의 눈에 보였다.

그런데 이번엔 상대가 나빴다.

"그럼 그렇게 해."

홍소천이 선선히 고개를 끄덕였다.

전혀 난처한 얼굴이 아니었다.

오히려 신나게 떠들던 장로들이 눈치를 보며 입을 다물었다.

남궁진생이 눈가를 좁혔다. 이청강이 눈치를 보며 슬며시 입을 뗐다.

"정말 그래도 되오?"

"왜? 싫어? 그럼 그만두든가."

이청강이 얼른 손을 내저었다.

그리고는 너털웃음을 터트리며 말했다.

"허허…… 아니오. 당연히 그렇게 해야 할 일이지요. 그게 용봉관의 취지에 부합하지 않겠습니까?"

"그렇지요. 역시 홍 방주는 사리에 밝으십니다."

"그러니까 천하의 개방주이시지요. 정도를 따르지 않는 이에게 개방주 자리를 맡길 만큼 개방이 녹록한 곳이 아니니까요."

"그럼 모용가의 아이는 빼는 걸로……."

모처럼 뜻이 맞았는지 화기애애했다.

자기들끼리 주거니 받거니 하더니 끝내 못질까지 하려고
한다.

홍소천이 픽 웃으며 말을 덧붙였다.

"그게 뭐 대단한 거라고 개방주 자리까지 가져다 거나?
당연한 것을. 어디 보자. 그럼 승룡반 관생은 다섯이 남는
겐가?"

그 순간 말소리가 순식간에 자취를 감췄다. 서로 덕담을
주고받던 장로들이 고개를 휙 돌리며 홍소천을 쳐다봤다.

"왜? 내가 틀린 말 했어?"

홍소천이 뭐가 잘못됐냐는 얼굴로 질문했다.

눈만 껌뻑거리던 이청강이 헛기침을 하며 대꾸했다.

"크흠. 홍 방주가 착각을 하신 게 아니오? 다섯이 아니고
일곱이오만……."

"뭔 소리야? 보여 준 게 없는 놈은 승룡반에 두면 안 된다
면서? 그럼 다섯이지, 왜 일곱이야?"

"아니…… 저, 그것이……."

말귀가 빠른 당화기가 안절부절못했다.

홍소천이 당화기와 시선을 맞췄다.

"자네도 그렇게 생각하지 않나? 당가의 그 꼬맹이도 뭘
보여 준 게 있어야지. 뒤에서 돌멩이 몇 개 던지다 제압당
한 게 전부 아닌가? 설마 그 꼬맹이가 승룡반에 어울린다고
생각하는 건 아니겠지?"

"그, 그런……."

무어라 대꾸할 수가 없는 당화기였다.

결과만 놓고 보면 홍소천의 말이 맞았기 때문이다.

홍소천은 이내 안타깝다는 얼굴로 다시 말했다.

"그리고 운설이. 내가 운설이를 아끼는 건 자네들도 알지 않는가? 그러나 어쩌겠나? 취지가 그렇다는데. 내 조화심에게 그렇게 전해 줌세."

그게 치명타였다.

조화심의 이름이 나오자 가뜩이나 가라앉았던 분위기가 아예 싸늘하게 얼어붙었다.

화산이 두렵지 않은 문파는 몇 있었지만, 조화심이 두렵지 않은 장로는 몇 없었다.

무공의 수위로만 보면 홍소천이나 조화심이나 선후를 가리기가 어렵다.

둘 다 강호에서 이름을 날릴 정도로 고강했다.

다만 홍소천과는 달리 조화심은 성정이 고약한 데다 남의 이목을 신경 쓰지 않았다.

화가 나면 때와 장소를 가리지 않고 일단 검부터 뽑고 봤다.

게다가 원한은 반드시 갚아 주기로 유명했다.

오죽하면 철면검객과 등을 질 바에는 차라리 혀를 깨물고 죽는 게 낫다는 말까지 돌았다. 그만큼 곤란한 상대다.

'멍청한 것들.'

홍소천은 거기서 만족하지 않았다.

난처한 얼굴을 하고 있는 남궁진생과 이청강을 번갈아 쳐다봤다.

"그리고 자네 생각이란 것도 꼭 말해 주겠네. 아, 이 장로가 적극 지지했다는 것도 잊지 않고 전해 줌세."

남궁진생의 얼굴이 딱딱해졌다. 이청강의 얼굴에 핏기가 가셨다.

이 일이 조화심의 귀에 들어가면 당장 검을 빼 들고 달려올지도 몰랐다.

아니다. 필시 그럴 게다.

몸이 성하려면 당장 자파로 귀환하는 게 상책이었다.

홍소천이 픽 웃음을 보이더니 마지막으로 적송을 쳐다봤다.

"이러니저러니 해도 결국은 자네가 용봉관주 아닌가? 자네가 결정하게. 다들 따를 걸세."

지목을 받은 적송이 끙 하고 앓는 소리를 냈다.

결론은 이미 정해졌다.

다만 사람의 마음이 간사하다는 게 문제다.

당장은 최선의 결론이라고 납득하더라도, 시간이 지나면 마음이 달라질 수도 있다.

곤란한 문제였다.

'한동안 시끄럽겠어.'

그러나 마냥 미뤄 둘 수도 없는 문제라는 것도 잘 알고
있었다.

적송이 나직하게 한숨을 쉬었다. 그리고는 크게 심호흡
을 하며 마음을 단단히 다졌다.

"규정이라는 것은 원래 취지를 관철하고자 만들어 둔 것
이오. 남궁 장로나 이 장로의 말도 일리가 있으나, 규정이
취지를 살리지 못한다고 해서 규정을 무시하는 게 아니라
새로이 규정을 만드는 것이 사리에 맞을 게요. 따라서 본인
은 이번 중간시를 규정대로 처리하겠소."

적송의 말이 끝나자 사방에서 탄식이 터졌다.

누군가는 아쉬움의 의미였고, 누군가는 안도의 의미였
다.

그러나 누구도 반대 의견을 제시하지는 않았다.

홍소천이 조화심을 끌어들인 게 제대로 먹혀든 것이었
다.

"개똥도 약에 쓸 일이 있다더니……."

홍소천이 중얼거리며 자리에서 일어섰다. 그리고는 장내
를 휙 둘러봤다.

"용봉관주가 그렇다는데 더 할 말도 없고, 그럼 그렇게
알고 가겠네."

성큼 걸음을 옮기던 홍소천이 갑자기 문 앞에서 걸음을

멈췄다.

그리고는 고개를 돌려 이청강과 남궁진생을 번갈아 보더니 히죽 웃으며 입을 뗐다.

"그래도 조화심 놈에게 일이 어떻게 된 건지는 전해 줘야겠지? 그건 내가 전해 줄 테니 신경 쓰지 말고."

그 말을 끝으로 뒤도 돌아보지 않고 방을 나섰다.

이청강과 남궁진생은 다시금 얼굴을 굳혀야만 했다.

종남 출신의 정무맹 장로 서문경은 거처로 들어서자마자 한숨부터 내쉬었다.

"이것 참 곤란하군."

미꾸라지 한 마리가 웅덩이를 흐린다고는 하지만 웅덩이도 웅덩이 나름이다.

정무맹 정도 되면 호수 정도는 되었으니, 티도 나지 않아야 정상이었다.

그런데 모용기란 놈은 그 어려운 일을 해냈다.

'애초에 미꾸라지가 아니었나? 아니면 정무맹이란 호수가 생각보다 작았던 걸까?'

잠깐 고민하던 서문경은 이내 고개를 젓고 말았다. 쓸데없는 생각이었다.

"하는 짓이 귀여워서 내버려 뒀더니……."

이청강, 하일평과 함께하기는 했지만 그는 모용기가 내심 기꺼웠다.

모용기의 존재로 인하여 개방이 움직였고, 미약하지만 정무맹의 권력이 재편되려는 조짐은 결국 그가 하고자 하는 바와 일맥상통했다.

그래서 모용기에 대해 일말의 악감정도 없었다.

그런데 중간시에서 사고를 쳐도 너무 거하게 쳤다.

"이러다가는 본파에서 책임을 물을 텐데."

정무맹이 세 개로 쪼개지는 것은 문제가 없다.

다른 이도 아니고 무당, 개방이다.

그들은 서문경의 손이 닿지 않는 곳이다.

서문경뿐만 아니라 종남이 나서도 손이 닿지 않는다.

그래서 서문경에게 책임을 묻지 못한다.

"그런데 고년은 다르단 말이지."

종리혜는 서문경의 손이 닿는다.

순무대전에 출전하지 못하는 것은 그렇다 쳐도, 무호반으로 강등되는 것은 종남의 입장에서 도저히 봐줄 수가 없었다.

분명 종리혜를 제대로 관리하지 못한 책임을 물을 게다.

"소환이라도 당하면 골치 아픈데……."

그건 안 된다. 자신은 정무맹에서 해야 할 일이 있었다.

다시 돌아올 수도 있지만 몇 년이 걸릴지 모를 일이었다.

중요한 시기에 몇 년의 공백은 치명적이었다.

"그 녀석을 잘라 내야겠군."

종리혜가 무호반으로 강등된 것은 더 이상 손쓸 방법이 없다.

그러면 최선을 다해서 수습하려는 모습이라도 보여야 했다.

가장 좋은 모습은 문제의 근원을 잘라 내는 것.

"아쉽지만 어쩔 수 없겠지."

모용기를 잘라 낼 방법은 수도 없이 많다.

그건 고민거리가 아니다.

"뭘로 한다?"

서문경은 잠시 손가락으로 탁자를 톡톡 두드리며 궁리를 했다. 그리고는 한 가지 방안을 선택했다.

이내 지필묵을 준비한 그는 망설임 없이 한 번에 써 내려 갔다. 그리곤 만족한 얼굴로 고개를 끄덕였다.

"게 누구 있느냐?"

서문경이 목소리를 높이자 천장에서 검은 인영 하나가 툭 떨어져 내렸다.

"가서 전하거라."

검은 인영은 말없이 고개를 숙였다.

천호는 체계적으로 무공을 배운 적이 없었다.

　당연히 지식도 경험도 부족했다.

　그래서 타인의 무공을 자신에 맞게 변형한다는 것은 상상조차 하지 못했다.

　사실 그것은 지식이나 경험이 많다고 할 수 있는 게 아니기도 했다.

　천호는 결국 가장 단순한 것을 선택했다.

　"육합권으로 해 볼 수밖에……."

　가진 것이 그것밖에 없었다.

　남의 것을 빼앗지도 못하고 스스로 만드는 것은 더더욱 불가능했다.

　어떻게든 육합권으로 해결해야 했다.

　"일단 송풍검법부터."

　천호는 자신이 외운 송풍검법의 초식을 하나하나 되뇌며 파훼법을 궁리했다.

　당연히 쉬운 일이 아니었다.

　송풍검법을 상승의 검법으로 볼 수는 없었지만, 육합권과는 비교가 되지 않을 정도로 초식이 정교했다.

　몇몇 초식은 육합권으로 상대가 가능하나 상당수의 초식은 그렇지 않다 보니 해답이 나오지 않았다. 처음부터 벽에 막힌 게다.

"끙."

천호가 앓는 소리를 냈다. 어려워도 너무 어려웠다. 그러나 포기하는 기색은 없었다. 이 정도는 애초에 예상했던 바다.

"일단 쉬운 것부터."

아는 것과 움직이는 것은 별개의 문제였다.

의식하지 않아도 자연스레 손이 나가야 했다.

결국은 반복의 문제였다.

줄줄 흐르는 땀을 굳이 닦아 낼 생각조차 하지 않았다. 그만큼 기분이 좋았다.

동작이 뚝뚝 끊어지는 파훼법일 뿐이었지만 처음으로 제대로 된 무공을 수련하는 기분이었다.

그것도 자신이 만든 것이기에 더 소중했다.

"으음……."

그러나 그것도 오래가지 못했다.

애초에 몇 동작 되지 않다 보니 눈 깜짝할 사이에 끝이 난 것이다.

또 다시 지루한 고민이 이어졌다. 여전히 어두컴컴했다.

천호는 송풍검법에 대한 고민을 이어 가면서도 몸을 단련하는 것을 멈추지 않았다.

아무리 좋은 칼을 지녀도 몸이 움직이지 않으면 쓸모없다는 것을 알고 있기 때문이었다.

그래서 그날도 해가 뜨기도 전에 동굴을 나섰다.

그런데 그날따라 폭우가 쏟아졌다.

우르릉! 쾅!

쏴아아!

하늘에 구멍이라도 뚫린 듯 굵은 빗줄기가 뿌옇게 시야를 가렸다.

잠시 얼굴을 찌푸리던 천호는 결국 한숨을 내쉬며 폭우 속으로 걸음을 내딛었다.

이 역시 수련의 일환이었다.

싸움이 항상 곱게 진행되는 것만은 아니었으니까.

어떠한 상황에서라도 준비가 되어 있어야 했다.

철퍽! 철퍽!

발목까지 물이 차올랐다.

당연히 평소보다 몸이 둔해질 수밖에 없었다.

오래지 않아 천근만근 몸이 무거워지며 급격하게 숨이 가빠졌다. 천호가 얼굴을 찡그렸다.

"짜증 나게 하는군. 이래서는 제대로 싸우지도 못할 텐데……."

빗줄기가 너무 세차다 보니 체력 소모가 평소의 몇 배에 달했다. 짧은 시간임에도 물 먹은 솜처럼 동작이 축축 늘어졌다.

"늪에라도 빠진 기분이군."

맞다. 이건 늪이다.

일단 빠지면 벗어나려 발버둥 치면 칠수록 더욱 세게 옭아맨다.

아무리 힘이 강해도 늪은 벗어나지 못한다.

그 순간 천호가 무슨 생각이 들었는지 눈을 반짝였다.

"늪이라고?"

순간 한 줄기 빛이 번쩍이며 뇌리를 스쳤다.

"그래! 늪이다!"

녹류산에 발을 내딛은 이래 처음으로 환하게 웃는 천호였다.

제갈곡은 머리가 아팠다. 걸음을 옮기며 관자놀이를 꾹꾹 눌렀다.

적당해야 덮을 엄두라도 나는데, 사고를 쳐도 너무 크게 쳤다. 무작정 덮어 버리기에는 사안이 너무 중했다.

"설마 용봉관생 백 명을 다 때려잡을 줄이야."

그저 그런 백 명의 용봉관생이 아니다.

제법 많은 구파일방과 오대세가의 후지기수들이 섞여

149

있는 만만치 않은 전력.

그런데 그걸 다 때려잡은 게다. 두 눈으로 보고도 믿기지가 않았다.

너무 큰일이라 해결책을 찾다 보니 중간시에서 제갈연이 충격을 받은 것도 의도적으로 외면할 정도였다.

"이걸 무슨 수로 해결한다……."

정말 어려웠다. 아무리 머리를 굴려도 모용기를 보호할 마땅한 방안이 떠오르지 않았다.

무당과 개방, 그리고 관망할 곤륜과 아미를 제외한 나머지 문파들이 똘똘 뭉쳐 오로지 모용기 하나만을 노릴 가능성이 높았다.

반대의 입장이었다면 제갈곡 자신 역시 그러했을 게다. 세력의 차이가 너무 크다.

"맹주도 등을 돌릴 가능성이 있고……."

진산이 힘을 빌려준 것은 모용기가 쓸모 있으리라 여겼기 때문이다.

그 판단이 틀린 것은 아니지만, 이토록 많은 적을 만들 것이라곤 상상도 못 했을 터.

상황이 나빠지면 제 제자를 버리고도 남을 인간이 바로 진산이었다.

"연아를 생각하면 그 아이를 지키는 것이 맞는데……."

무공은 높지 않아도 눈치 하나는 빠른 제갈곡이었다.

제갈연이 실력을 제대로 보이지는 못했다곤 하나 언주혜를 쉽게 제압했고, 이후에도 누구 하나 제갈연의 옷깃조차 건드리지 못했다.

명진이나 소무결처럼 신위를 보이지는 못해도 운현이나 천영영 정도는 되지 않을까 내심 기대가 됐다.

이 정도면 엄청난 성장이었다. 그리고 그 성장을 이끌어 낸 것이 모용기라는 것도 안다.

제갈연에게 기연이 생긴 게다. 무조건 지켜 주는 것이 옳았다.

그런데도 망설여진다.

"상황이 너무 위험하구나."

자칫하면 제갈세가가 고립될 수도 있는 문제.

무당이나 개방은 말할 것도 없고, 곤륜이나 아미 역시 만만한 곳이 아니었다.

다른 정파들이 그들을 등한시할지언정 함부로 건드리지는 못할 것이다.

그런데 제갈세가는 다르다. 갈기갈기 찢어 먹기에 딱 좋다. 정말 어려운 문제였다.

제갈곡이 문득 걸음을 멈추며 시선을 들었다. 그리고는 한숨을 쉬며 한탄했다.

"사면초가라……."

그때 누군가가 제갈곡의 어깨를 툭 쳤다.

"자네 여기서 뭐 하나?"

홍소천이었다. 그리고 그 옆에는 충허도 있었다.

제갈곡이 얼른 양손을 모았다.

"개방주, 충허 진인을 뵙습니다."

"여기서 또 뵙는군요."

충허가 웃으며 양손을 모았다.

홍소천은 뚱한 눈으로 제갈곡을 쳐다봤다.

"인사는 됐고, 뭐 하냐고 묻잖나?"

충허가 홍소천을 툭 쳤다.

"자네는 군사께 말버릇이 그게 뭔가?"

"내가 뭘? 내가 못 할 말을 했나?"

충허가 눈을 찌푸렸다. 그리고는 홍소천을 타박하려는데 제갈곡이 얼른 끼어들었다.

"전 괜찮습니다. 홍 방주님께서 악의를 갖고 그러신 게 아니라는 것을 잘 압니다. 신경 쓰지 않으셔도 됩니다."

홍소천이 히죽 웃으며 충허를 쳐다봤다.

"봤지? 괜찮다니까."

충허가 홍소천의 철없어 보이는 행동에 쯧 하고 혀를 찼다.

"자네는 어떻게 나이가 들어도 철이 들지를 않나?"

"그게 중요해? 나이 들어도 사람 구실 못하는 것들도 많은데."

"그래도······."

"아, 됐어. 내 탓하기 전에 그놈의 잔소리나 어떻게 좀 해
라. 얼굴은 좀 풀렸나 싶은데 잔소리는 여전하구만."

홍소천이 에잉 하고 고개를 돌려 버렸다. 그리고는 다시
제갈곡을 쳐다봤다.

"뭐 해? 뭐 하냐고 물어봤잖나?"

"아······ 조금 고민할 것이 있어서 생각을 좀 하는 차였
습니다."

홍소천은 제갈곡의 고민이 무엇인지 알 만했다.

자신의 고민과 일치할 터. 그래서 말을 꺼내려는데, 제갈
곡이 먼저 선수를 쳤다.

"아무래도 연아가 충격을 받은 것 같아서 어떻게 해야
하나 고민 중이었습니다."

제갈곡의 말에 홍소천이 얼굴을 찡그렸다.

홍소천이 원하던 말이 아니었기 때문이다.

"거, 오대세가 놈들은 하나같이 이 모양인지."

경계하고 경계하고 또 경계하며 어지간해서는 속내를 드
러내지 않는다. 적당히 눈치껏 말을 맞추면 편한데, 마지막
까지 확인하는 것이 못마땅했다. 그래서 저도 모르게 얼굴
이 구겨졌다.

홍소천이 심기가 불편하다는 얼굴을 하자 제갈곡이 난처
한 얼굴을 했다. 충허가 혀를 차며 끼어들었다.

"쯧. 자네는 무슨 말을 그렇게 하나? 군사가 불편하게."

"자네 눈에는 군사가 불편한 건 보이고 내가 불편한 건 안 보이는 겐가?"

"아니, 내 말은……."

"됐네, 됐어. 더 말해 봐야 내 입만 아프지. 그보다, 군사."

여전히 얼굴을 찡그린 채 툴툴거리던 홍소천이 부르자 제갈곡이 냉큼 대답했다.

"예. 방주님."

"말이 나왔으니까 말인데, 고 계집애는 왜 그 모양이야? 집에서 제대로 안 가르쳤어?"

제갈연의 이야기였다. 답변이 궁했지만 어렵게 입을 열어 변명을 했다.

"아, 그게…… 아무래도 여아다 보니까 무공보다는 다른 것을 가르치는 데 더 주력했지요. 무공에는 조금 소홀했던 것 같습니다."

제갈곡의 대답에 홍소천이 아깝다는 얼굴을 하며 길게 탄식을 했다.

"허어…… 제갈세가가 기재 하나를 망쳤구나."

제갈곡이 의아한 눈으로 홍소천을 쳐다봤다. 기재라는 말에 호기심이 동한 충허가 대신 질문했다.

"그건 또 무슨 말인가?"

"무슨 말이긴. 말 그대로지. 제갈세가가 기재 하나를 망쳤다고."

"아니, 그러니까 자세히 좀 설명해 보게. 밑도 끝도 없이 말하지만 말고."

"무슨 말을 해? 말 그대로라니까."

충허가 얼굴을 찡그렸다.

그에 제갈곡이 눈매를 좁히며 질문했다.

"혹시 그 기재가…… 연아입니까?"

"그럼 내가 누굴 말하겠나? 용봉관에 고 계집애 말고 제갈가의 아이들이 더 있던가?"

홍소천이 자신의 말이 맞음을 동의하자, 제갈곡이 얼떨떨한 얼굴을 했다.

'연아가 기재라 불릴 정도로 소질이 있었던가?'

아무리 제갈세가의 주력이 무공은 아니라고는 하지만 생각보다 많은 신경을 썼다.

강호에 적을 둔 무가라면 당연한 일이었다.

특히 제갈세가 정도의 거대세가라면 홍소천이 감탄할 정도의 기재를 놓칠 리가 없었다. 그래서 의아했던 게다.

그것은 충허 역시 마찬가지였다.

"호오, 그 아이가 그 정도로 재능이 있었나?"

"자네는 제대로 본 적이 없지? 중간시에서 그 모양이었으니…… 근데 군사도 몰랐어?"

홍소천이 제갈곡을 쳐다봤다. 제갈곡은 쉽게 입을 뗄 수가 없었다. 제갈곡의 망설이는 기색을 확인한 홍소천이 쯧하고 혀를 찼다.

"하긴, 그걸 알아볼 정도였으면 그대로 내버려 두지도 않았겠지. 여러모로 아깝게 됐구만."

제갈곡이 가늘게 눈을 떴다. 그러나 이내 머리를 굴리고는 진지한 얼굴로 입을 뗐다.

"홍 방주님, 방주께서 보시기에 우리 연아가 정말 무공에 재능이 있습니까?"

"자네 눈에는 내가 비싼 밥 먹고 헛소리나 해 대는 노친네로 보여?"

몰라도 너무 몰랐다. 이렇게 애를 방치해도 되나 싶었다.

홍소천은 한숨을 쉬더니 다시 입을 열었다.

"내가 어디 가면 창피해서 이런 말은 안 하려고 했는데…… 우리 무결이가 용봉관에서 어떻게 못 하는 아이들이 딱 세 명 있다네. 하나는 자네도 알다시피 모용기 그놈이고."

홍소천이 충허를 힐끔 쳐다봤다.

"다른 하나는 충허 저놈의 제자 놈이지. 그리고 마지막하나는……."

그런데 홍소천의 말이 끝나기도 전에 제갈곡이 참지 못

하고 질문했다.

"설마 그게 우리 연아입니까?"

"그게 아니면? 내가 눈이 없어서 아깝다고 했겠어?"

"그런 말도 안 되는……!"

제갈곡이 저도 모르게 언성을 높이자 홍소천이 얼굴을 구겼다.

"이놈이! 왜 소리를 질러!"

홍소천이 버럭 소리쳤다.

제갈곡은 인지조차 하지 못했다. 그만큼 큰일이었다.

제갈연의 재능도 재능이지만, 그것을 세가에서 알아보지 못한 것은 더 심각한 문제였다. 세가에 크나큰 구멍이 난 게다.

충허는 넋이 나간 제갈곡을 힐끗 쳐다보고는 홍소천에게 질문했다.

"그 아이가 그 정도로 재능이 있나?"

"재능이 있다는 말로는 부족하지. 어렸을 때부터 제대로 배웠다면 네 제자 놈보다 나았을지도 몰라."

"그 정도로?"

홍소천이 고개를 끄덕였다.

"무결이가 뭐 어떻게 해볼 생각조차 못 하더라고. 고 계집애가 싸우는 법만 일찍 배웠다면 네 제자 놈도 쉽지 않을걸?"

그 말에 충허가 눈을 크게 떴고, 제갈곡은 입을 쩍 벌렸다.

극찬도 이런 극찬이 없었다.

제갈곡은 한동안 벌어진 입을 다물 생각조차 하지 못했다.

홍소천은 은근한 얼굴로 제갈곡을 쳐다봤다.

"그러니까 자네는 쓸데없는 생각 말고 그 녀석이나 꼭 붙들어 둬. 잘난 조카사위 덕 좀 보란 말이야. 그러자면 나와 얘기 좀 해야 하지 않을까?"

운현의 검이 천영영의 검로 사이의 틈을 정확하게 파고들었다.

천영영이 검을 빠르게 움직였다.

작은 틈이다. 재빨리 메우면 된다.

그렇게 생각했다.

그런데 운현이 검에 변화를 줬다. 직선으로 뻗어 가던 검 끝이 사방으로 흔들렸다.

타타타탁!

운현의 검이 작은 생채기를 헤집더니 기어이 상처가 쩍 벌어졌다. 그리고는 단번에 천영영의 목줄을 잡았다.

운현이 히죽 웃었다.

"어이쿠. 내가 또 이겼네."

호들갑을 떠는 운현이 얄미운지 천영영이 입술을 꼭 깨물었다. 금방이라도 눈물을 쏟을 듯이 눈이 붉게 물들었다.

"씨."

한 번 졌다고 그러는 게 아니다. 최근 들어서 계속 지고 있다. 출발선은 같았는데 운현만 훌쩍 앞서 나가는 게 억울했던 게다.

"그러게 머리를 좀 쓰라니까. 맨날 하던 것만 하니까 그 꼴이지."

화가 났다. 새빨갛게 물든 눈동자에 실핏줄이 툭툭 불거질 정도로 분했다. 천영영이 몸을 부들부들 떨었다.

그제야 아차 하며 운현이 입을 다물었다.

그리고는 천영영이 발작하기 전에 냉큼 몸을 뺐다.

천영영을 뒤로한 운현은 한쪽 구석에 널브러져 있는 소무결에게 다가갔다.

"야, 넌 계속 누워만 있을 거야?"

소무결이 눈만 돌려 운현을 쳐다봤다.

"왜 또?"

"왜 또는…… 언제까지 그렇게 게으름 피울 거야? 이제 움직일 때도 되지 않았어?"

"네가 아직 잘 몰라서 그러는데, 쉴 수 있을 때 쉬어 둬.

기아 그 악마 같은 자식이랑 제대로 수련하기 시작하면 이럴 틈도 없으니까."

"대신 실력이 쑥쑥 늘잖아? 난 좀 고달파도 좋으니까 빨리 고수가 돼서 이 지겨운 수련 좀 끝냈으면 좋겠다."

"고수는 무슨…… 그리고 고수된다고 수련 그만한대?"

"그렇긴 한데…… 그래도 지금처럼 죽어라 하지는 않을 거 아냐? 나도 여유 좀 갖고 싶어서……."

아무래도 말이 길어질 것 같다. 소무결이 끙 하고 상체를 일으켰다.

"수련 빨리 끝내서 뭐 하게? 할 일이라도 있어?"

그러자 운현이 심각한 얼굴로 대꾸했다.

"내가 요즘 들어서 기아 놈이랑 연아 보면서 생각하는 건데…… 여자 만나는 것도 꽤 괜찮아 보이더라고. 빨리 수련 끝내고 여자 만나려고."

"헐…… 여자 만나려고 수련을 빨리 끝내겠다고?"

"당연하지. 생각해 봐. 내가 지금 이러고 있는 동안 미래의 내 배우자는 지금 다른 놈이랑 시시덕거리고 있을지도 몰라. 그걸 생각하면 내가 잠이 안 온다니까? 그런데도 넌 게으름 피우고 싶냐? 그걸 생각하고도 잠이 와?"

소무결이 어이없다는 얼굴로 운현을 쳐다봤다. 그리고는 잠시 후에 겨우 입을 열었다.

"걱정할 필요 없어. 이번 생에는 없을 테니까."

운현은 언뜻 이해가 안 돼서 잠깐 눈을 깜빡였다. 그러나 이내 말뜻을 이해했다. 그리고는 안쓰럽다는 얼굴로 소무결을 쳐다봤다.

"하긴…… 거지가 만나긴 누굴 만나겠냐."

노골적으로 무시하는 기색이었다.

그런데 소무결은 기분이 나쁘기는커녕 어이가 없기만 했다. 그래서 헐 하고 헛웃음을 터트렸다.

그리고는 애매한 눈길을 운현을 훑었다. 그런데 그 눈길이 기분이 나빴다.

운현이 눈매를 좁히며 소무결을 쳐다봤다.

"뭐야? 왜 그런 눈으로 보는 거냐?"

소무결이 픽 하며 웃음을 보였다.

그리고는 흘리듯 나직하게 말했다.

"거지나 도사나……."

그런데 워낙 가까운 거리다 보니 다 들렸는지 운현이 발끈했다.

"야 이 씨! 어따 대고 거지를 도사에 갖다 붙여?"

그리고는 뒤늦게 다가오는 천영영을 돌아봤다.

"야! 너도 말 좀 해 봐. 이 자식 이거 제정신이 아닌 것 같아."

천영영도 다 들었다. 천영영이 소무결을 쳐다봤다.

"맞아. 얘는 너랑 달라."

매일 운현과 투닥거리는 천영영이다. 소무결이 얘가 뭘 잘못 먹었나 하는 얼굴로 쳐다봤다.

반대로 운현의 얼굴에는 화색이 돌았다.

"봤지? 너랑 나랑은 다르다니까. 날 어따 거지에 갖다 붙여? 기분 나쁘게……."

운현이 신이 난 얼굴로 히죽거렸다.

그런데 천영영이 나직한 음성으로 한마디를 덧붙였다.

"얘는 다음 생에도 없을 거야."

"너 왜 이제 와?"

소무결이 명진을 향해 투덜거렸다. 명진은 소무결을 힐끔 쳐다보며 대답했다.

"손님 모시고 왔다."

"손님?"

소무결이 명진의 말을 되뇌었다. 운현과 천영영도 호기심을 보였다.

명진이 한 걸음 비켜서자 홍소천이 불쑥 얼굴을 들이밀었다.

"요놈아. 나 왔다."

"뭐야? 우리 사부였어?"

"왜? 나라서 실망이냐?"

홍소천이 눈을 부라렸다.

"그게 꼭 실망이라기보다는……."

소무결이 움찔한 얼굴로 슬며시 시선을 피하는데, 뒤이어 제갈곡과 충허가 모습을 보였다.

"군사님? 어? 그리고 이분은 어디서 뵀는데……."

분명 낯이 익다. 그런데 언뜻 떠오르는 것은 없었다.

소무결이 눈매를 좁히며 충허를 살폈다.

천영영과 운현은 고민보다 인사가 먼저였다.

"안녕하세요?"

"오셨습니까? 간만에 뵙습니다."

홍소천이 가볍게 고개를 끄덕였다. 제갈곡이 웃으며 앞으로 나섰다.

"그래. 너희들은 잘 지냈느냐?"

"저희들이야 뭐……."

운현이 웃으며 머리를 긁적였다.

제갈연과 어울린다 해도 여전히 오대세가의 인물들은 어색했다. 그리고 어려웠다. 그래서 슬며시 충허에게로 시선을 돌렸다.

"그런데 이분은……."

명진이 앞으로 나서며 대꾸했다.

"우리 사부님이다."

"너희 사부님?"

운현이 또르르 눈을 굴리는데, 소무결이 눈을 희번덕거렸다.

천영영 역시 깜짝 놀란 얼굴로 충허를 쳐다봤다.

소무결이 먼저 양손을 모았다.

"어디서 뵌 것 같다 했더니 충허 진인이셨군요. 저 기억 나세요? 어렸을 때 뵀는데……."

충허는 웃는 얼굴로 고개를 끄덕였다.

"네가 진무각에서 오줌을 쌌던 무결이지? 어찌 그 일을 잊을 수 있겠느냐? 우리 장문인께서 처음으로 얼굴을 붉히신 날인데."

소무결의 얼굴이 빨개졌다. 그리고는 눈을 둘 곳을 찾지 못해 안절부절못했다.

충허는 다 이해한다는 얼굴로 소무결의 어깨를 툭툭 두드렸다.

"어렸을 땐 다 그러는 법이다. 괜찮다."

소무결이 차마 대꾸도 하지 못하고 저도 모르게 고개를 숙였다.

운현이 소무결의 옆구리를 쿡 찔렀다.

"이 자식 난놈은 난놈이었네. 진무각에 오줌 싸지르고 용케도 살아 있는 걸 보면."

"시끄러."

소무결이 낮게 으르렁거렸다. 운현이 픽 웃고는 다시 소무결의 옆구리를 쿡쿡 찔렀다.

"근데 누구시냐?"

"누구긴 누구야? 명진이 사부님이시잖아. 명진이 사부님이 누군지 몰라?"

"쟤네 사부님?"

무언가 잡힐 듯 말 듯 했다.

운현이 눈매를 좁히는데 천영영이 나서며 의문을 풀어줬다.

"아미의 천영영입니다. 무당제일검을 뵙습니다."

"헉! 무당제일검!"

운현이 눈을 찢어져라 크게 떴다.

충허는 빙그레 웃으며 천영영과 시선을 맞췄다.

"반갑구나. 정현 스님은 무탈하시고?"

"네. 사부님께서는 잘 지내십니다."

"다행이구나."

그러자 운현이 부랴부랴 양손을 모으며 고개를 숙였다.

"뵙게 되어 영광입니다. 곤륜의 운현이라 합니다."

"영광은 무슨…… 어쨌든 만나서 반갑구나."

홍소천은 마음에 안 든다는 듯이 고개를 저었다.

"에잉…… 무당에서 내려오지도 않는 놈이 뭐가 그리 대단하다고……."

그리고는 소무결을 쳐다봤다.

"이놈아. 그보다 그 녀석은 어디 갔느냐?"

"누구요? 기아 녀석이요?"

"그래. 모용기 그놈. 그 녀석은 왜 안 보이느냐?"

"그 녀석 연아 데리러 갔어요."

"연아? 제갈연을 말하는 것이냐?"

"예."

제갈연의 이름이 튀어나오자 제갈곡이 끼어들었다.

"우리 연아가 왜?"

"아, 그게……."

소무결이 난처한 얼굴로 뺨을 긁적였다. 제갈곡이 슬쩍
얼굴을 굳히며 재차 물었다.

"연아에게 무슨 문제라도 생긴 게냐?"

"그건 아니고요. 걔가 무공 안 배우겠다고 땡깡을 부려
서……."

그 말의 의미를 단박에 이해한 제갈곡이 얼굴을 찡그렸
다.

홍소천이 킬킬거리면 빈정거렸다.

"참 가관이다. 가관이야. 애를 어떻게 키웠길래 그 모양
인가?"

제갈곡은 입이 열 개라도 할 말이 없었다.

아무리 여아라고는 하나 기본적으로 무가의 아이다. 세가

에서 잘못 가르친 게다.

제갈곡이 난처한 얼굴을 하자 보다 못한 충허가 끼어들
었다.

"고약한 성질머리는 여전하구만. 그만하게. 군사가 곤란
해하지 않나?"

"당연히 곤란해해야지. 애를 저 지경으로 키웠는데 고개
빳빳이 들고 있으면 그게 사람이게?"

"어허, 거참. 아직 아이라서 그런 것 아닌가?"

"아이는 개뿔. 강호에 발을 담근 이상 애고 어른이고 없
는 게야. 그걸 모르고 하는 소린가? 적어도 기본은 돼 있어
야지."

홍소천의 말이 옳았다. 강호에서 나이는 중요하지 않았
다. 오로지 자신의 실력만을 믿어야 했다. 그러자면 강인한
정신력은 기본 중의 기본이다.

제갈연은 그것을 갖추지 못한 게다.

그러나 충허는 픽 하며 웃음을 흘렸다. 홍소천이 눈을 게
슴츠레 떴다.

"뭔가? 왜 그렇게 웃어? 사람 기분 나쁘게⋯⋯."

"아니. 갑자기 예전 일이 생각나서⋯⋯."

"예전 일?"

"그 왜 있잖나? 음적 이도환을 때려잡았을 때. 그게 자네
가 처음으로 사람을 죽였던 날이지? 그 날 저녁에⋯⋯ 헙!"

홍소천이 급하게 충허의 입을 틀어막았다. 그리고 저도
모르게 언성을 높였다.

"자네 지금 무슨 소리를 하는 겐가?"

충허가 홍소천의 손을 떼어 냈다. 그리고는 부드럽게 웃
으며 대꾸했다.

"무슨 소리긴…… 자네가 기본이라고 하는 그거 생각보
다 별게 아니란 말이지. 강호에서 살아가는 이상 자연스레
익히게 될 거란 말일세. 당장 못 한다고 해서 구박할 일이
아니란 말이네."

홍소천이 끙 하고 앓는 소리를 냈다.

홍소천 자신 역시 소싯적엔 제갈연보다 더하면 더했지
덜하진 않았기 때문이다.

그래서 가만히 입을 다물고 있는데, 눈치를 살피던 소무
결이 슬며시 충허에게 말을 걸었다.

"근데…… 그날 저녁에 무슨 일이 있었는데요?"

충허가 소리 없이 웃음만 흘렸다. 홍소천이 급하게 타구
봉을 휘둘렀다.

딱!

"아얏! 왜 때려요?"

"시끄럽다, 이놈아."

12 章.

참룡회귀록

斬龍回歸錄

12 章.

"나 안 한다니까! 이것 좀 놔요!"

모용기에게 손목을 잡힌 채 질질 끌려가던 제갈연이 앙칼지게 소리쳤다.

그러나 모용기는 들은 척도 하지 않았다. 간혹 귀를 후비적거리는 것이 전부였다.

'아 씨! 하필 맥문을 잡혀서는……'

내력 면에서는 모용기나 제갈연이나 큰 차이가 없다.

굳이 따지자면 모용기가 조금 더 높긴 하지만 큰 차이는 아니었다.

그런데도 제갈연이 힘 한 번 못 쓰고 질질 끌려가는 건 모용기가 제갈연의 맥문을 정확히 움켜잡았기 때문이다.

몸에 내력이 돌지를 않았다. 일반인보다는 낮다고 해도 그 정도로 주먹을 휘둘러 봐야 모용기에게는 솜방망이에 지나지 않는다.

그래서 할 수 있는 것은 소리를 높이는 것이 유일했다.

"어라?"

그런데 그렇게 한참을 끌려오다 보니 벌써 연공실이었다. 아직은 꼴도 보기 싫었다. 제갈연의 마음이 점점 더 급해졌다.

"아 진짜! 이것 좀 놓으라고! 도대체 네가 뭔데? 왜 네 마음대로 하는 건데? 내가 싫다잖아!"

반말과 존댓말을 번갈아 가면서 하던 것이 이제는 반말만 툭툭 튀어나왔다. 그런데 그게 먹혔는지 모용기가 멈칫하며 걸음을 멈췄다. 제갈연이 그제야 한숨을 내쉬었다.

"그러니까 이거 좀 놓고……."

"누구지?"

"예?"

밑도 끝도 없는 말에 제갈연이 의문을 표했다.

그러나 모용기는 대꾸 대신 문을 벌컥 열었다.

"이놈아, 왜 이제 오는 게냐? 기다리다 목 빠지겠다."

홍소천이 모용기를 보고는 툴툴거렸다.

"뭐야? 방주님이셨네요. 그럼 다른 하나는?"

홍소천임을 확인한 모용기가 이내 시선을 돌렸다.

반면 그의 곁에 있는 제갈곡을 확인한 제갈연은 울상을
지었다.

"어!"

제갈연이 후다닥 모용기의 뒤로 몸을 감췄다.

제갈곡이 어처구니없다는 얼굴을 했다.

"이 녀석아, 왜 거기로 숨는 게냐?"

"그…… 그게……."

제갈연이 당황한 얼굴로 말을 더듬었다.

모용기가 픽 웃음을 흘렸다. 그리고는 옆으로 한 걸음 비
켜서려는데, 제갈연이 모용기의 옷깃을 꼭 잡았다.

모용기가 제갈연을 돌아봤다.

"이거 놔라."

"시…… 싫어요."

"나도 놓아 달래서 그렇게 했잖아. 그러니까 너도 놔."

"이 씨. 그걸 말이라고……."

제갈연이 눈을 흘겼다. 그런데 그 모습이 퍽 귀여웠다.
그래서 모용기가 픽 웃었다. 그리고는 어쩔 수 없다는 얼굴
로 제갈곡을 향해 어깨를 들썩였다.

"그렇다는데요?"

"끙……."

개방주와 무당제일검이 보고 있는 자리이다 보니 힘으로
끌어낼 수는 없는 노릇이었다.

제갈곡이 곤란하다는 얼굴로 앓는 소리를 내자, 그 얼굴을 감상하며 히죽거리던 모용기가 한순간 표정을 딱딱하게 굳혔다.

그제야 명진의 옆에 있는 충허를 확인한 것이었다.

"어라? 한 명 더 있었어?"

운신법만큼이나 기척을 잡아내는 것에 도가 튼 게 모용기였다.

그런데 충허의 기척은 전혀 잡아내지 못했다.

이런 경우는 두 가지 중 하나다. 기척을 숨기는 데 경지를 이룬 살수이거나, 아니면 자연스레 기척을 감출 수 있는 엄청난 고수.

그런데 충허는 아무리 봐도 살수로 보이지는 않았다. 그렇다면 후자였다.

모용기는 감각에 날이 섰다.

가볍게 몸을 터는 것으로 제갈연의 손을 떨쳐 냈다.

"어?"

손이 허전해지는 감각에 제갈연이 순간 짧게 목소리를 냈다.

그러나 모용기는 아무런 대꾸도 하지 않고 허리춤의 검으로 손을 가져갔다.

그리고는 눈가를 좁히며 충허를 노려봤다.

"누구시죠?"

심상치 않은 기색에 홍소천이 고개를 갸웃거리며 모용기에게 한 걸음 다가섰다.

　"이놈아, 왜 그…… 어라?"

　그런데 모용기가 옆으로 스르륵 움직였다. 모용기 뒤에 숨어 있던 제갈연이 모습을 드러냈다.

　"어머!"

　제갈연이 깜짝 놀라며 소리를 높였다.

　그러나 모용기는 제갈연에게 시선도 주지 않은 채 여전히 충허를 노려봤다. 오래 걸리지도 않았다. 모용기가 입을 쩍 벌렸다.

　'미! 미친! 어디서 이런 괴물이 튀어나왔어?'

　지금껏 모용기는 황궁의 적포인이 가장 강한 무인이라 생각했다.

　그런데 틀렸다. 아예 엄두가 나지 않는다. 어마어마한 강자다.

　홍소천이 고개를 갸웃거리며 충허를 쳐다봤다.

　"이 녀석이 왜 이래? 혹시 아는 사이였나?"

　충허는 힐끗 홍소천을 쳐다보며 고개를 저었다.

　"처음 보는 아이일세. 그보다……."

　충허가 모용기에게 다시 시선을 돌렸다.

　"너는 참 재미있는 아이로구나. 네가 모용기란 아이더냐?"

충허의 목소리는 평온했다. 오히려 온화하기까지 했다. 그런데 모용기는 여전히 날을 세웠다.

"제가 먼저 물었잖아요. 누구시냐고요?"

홍소천이 더 참지 못하고 얼굴을 구겼다.

"이놈이! 보자 보자 하니까 이젠 위아래도 몰라보느냐?"

그리고는 타구봉을 치켜드는데, 충허가 고개를 저었다.

"그러지 말게. 애 상대로 지금 뭐 하는 겐가?"

"하지만 지금 이놈이……."

"난 괜찮네."

충허가 가만히 고개를 저어 홍소천을 만류했다. 그리고는 다시 모용기를 쳐다봤다.

"내가 무당의 충허다. 이제 답이 되었느냐?"

"충…… 허?"

모용기가 언뜻 떠오르지 않는지 고개를 갸웃거렸다. 그러자 이번에는 명진이 나섰다.

"우리 사부님이다."

"너희 사부? 헉!"

모용기가 찢어져라 눈을 부릅떴다.

'참룡대주!'

충허는 초대 참룡대주였다.

다만 모용기가 참룡대에 들어가기 전에 생사를 달리한 터라 두 사람 사이에 접점이 없었던 게다. 그래서 알아보지 못했다.

모용기가 미간을 좁혔다.

'이런 괴물이 왜 죽은 거지?'

정확한 경지를 알아보는 것은 힘들어도 하나는 확실하다.

황궁의 적포인도 무지막지하게 강했다.

그러나 붙어 보기 전에는 모른다는 결론을 내렸다.

그런데 충허는 붙어 보지 않아도 결과가 또렷하게 보였다.

'이건 못 이긴다.'

보는 순간 등골이 서늘한 게 소름이 돋았다. 끝이 보이지 않는다. 마주하는 순간 눈앞이 캄캄했다. 모용기가 전성기의 실력을 되찾는다 해도 감당하기 힘든 괴물이다.

안절부절못하던 제갈연이 모용기에게 한 걸음 다가섰다.

"왜 그러시는…… 어라?"

그런데 모용기는 이번에도 스르륵 움직였다.

"나한테 붙지 마. 다친다."

"예?"

제갈연이 당황한 얼굴로 눈을 동그랗게 떴다.

당황하는 제갈연을 보고 혀를 끌끌 차던 홍소천이 모용기를 향해 얼굴을 찌푸렸다.

"이놈아, 저놈이 충허라고. 무당의 충허. 그런데 아직도 경계하는 게냐?"

"경계하는 것 아닌데요."

"그럼? 경계하는 것도 아닌데 왜 그렇게 날을 세워?"

모용기는 아무 말도 하지 않았다. 여전히 충허만 노려봤다.

그러자 충허의 입꼬리가 슬며시 올라갔다.

"검을 뽑고 싶으냐?"

"뭐야? 지금 저놈하고 붙어 보고 싶어서 그러는 게냐?"

홍소천이 어처구니없다는 얼굴로 모용기를 쳐다봤다.

"아서라, 이놈아. 충허 저놈이 이십여 년을 무당에 콕 박혀 있었다 해도 네놈이 감당하기엔 십 년은 빠르다."

홍소천이 혀를 끌끌 찼다. 모용기가 힐끗 홍소천을 쳐다봤다.

"십 년으로는 죽었다 깨도 안 될 것 같은데……."

"뭐야?"

홍소천이 얼굴을 찌푸렸다. 그러나 모용기는 대답하지 않았다. 대신 검을 잡은 손가락만 꼼지락거렸다.

충허가 다시 질문했다.

"왜 검을 뽑지 않느냐?"

모용기가 잠깐 얼굴을 찡그리더니 결국 솔직하게 대꾸했다.

"죽을 것 같아서요."

뽑지 않는 게 아니었다. 뽑지 못하는 게다.

검을 겨누는 순간 뒤따르는 충허의 반응이 두려웠다.

그만큼 충허가 주는 위압감이 상당했다.

그런데 모용기의 대답에 충허의 눈이 조금 커졌다.

"너는 내가 보이느냐? 어디까지 보이느냐?"

모용기가 고개를 저었다.

"안 보여요. 그냥 깜깜합니다."

모용기의 대구에 충허가 헛 하고 헛바람을 들이켰다.

"거기까지 보인다고? 네 나이에?"

친우인 개방주 홍소천조차 알아보지 못했다.

섬서에서 제일가는 검이라는 조화심도 알아보지 못했다.

무당의 장문인도 어렴풋이 짐작만 할 뿐이었다.

그런데 아직 약관에도 들지 못한 소년이 알아본 게다.

"아무리 강호에 기인이 많다고는 하지만 이걸 누가 믿을 수 있을까?"

충허는 진심으로 놀랍다는 얼굴을 했다. 그런데 홍소천이 더는 참지 못하고 끼어들었다.

"대체 무슨 소릴 하는 겐가? 설마 저 꼬맹이가 알아본 걸 내가 알아보지 못했다는 말은 아니겠지?"

충허는 홍소천을 돌아봤다. 홍소천은 미간을 좁힌 채 못마땅하다는 얼굴을 했다.

"그게 말일세……."

충허가 입을 떼는 순간, 홍소천의 고함이 터져 나왔다.

"이 썩을 놈아!"

'빈틈!'

충허를 만난 이후로 처음으로 본 빈틈이다. 그 순간 몸이
저절로 반응했다. 번개같이 검을 뽑으며 실낱같은 틈을 향
해 혼신의 힘을 다해 찔러 넣었다.

"이 썩을 놈아!"

홍소천의 벼락같은 고함도 들리지 않았다. 오로지 한 점
만이 모용기의 두 눈을 가득 메웠다. 기어기 그 점을 검 끝
으로 찍으려는 순간!

땅!

모용기의 검이 휙 돌아갔다. 충허가 손가락을 튕겨 모용
기의 검을 밀어낸 게다.

'젠장!'

가볍게 튕겨 낸 것처럼 보여도 그 안에 담긴 힘은 결코
가볍지 않았다.

하마터면 검을 놓칠 뻔했다. 어마어마한 거력이 담겨 있
다.

모용기는 몸을 크게 회전하며 원을 그렸다. 그리고는 그
결을 따라 다시 한 번 충허를 노렸다.

땅!

이번에는 모용기의 검이 위로 솟구쳤다. 모용기는 그 힘에

저항하지 않고 그대로 재주를 넘었다.

지금의 모용기로서는 충허의 힘에 저항하는 것이 불가능했다.

그래서 그 힘에 저항하지 않고 편승하는 것이다.

그리고는 지면을 밟기 무섭게 다시 치고 나갔다.

땅!

제갈연이 입을 쩍 벌렸다.

"저게 가능해?"

모용기는 강하다. 그와 매일같이 검을 부딪쳐 봐서 안다.

물론 홍소천이나 각파의 고수들에 견줄 바는 아니었다.

그러나 그들이 손가락 하나로 모용기를 상대할 수 있으리라고는 생각하지 않았다.

적어도 다리 하나는 물어뜯을 수 있는 것이 모용기라고 생각했다.

"모용 공자를 손가락 하나로 가지고 논다고?"

눈으로 궤적을 쫓기도 어려운 모용기의 검을 상대로 단 한 걸음도 움직이지 않는 것은 둘째 치고, 손가락 하나로만 모용기를 상대하고 있는 것은 도저히 믿을 수가 없었다.

충허가 보여 주는 신기는 인간이 아닌 것만 같았다.

"아무리 무당제일검이라지만……."

충허가 강하다는 것도 안다.

하지만 무당제일검의 명성은 이십 년 전의 것.

검은 쓰지 않으면 녹이 슨다.

충허의 경우도 그럴 것이라는 게 중론이었다.

명성은 충허가 높지만, 실력으로는 홍소천이나 조화심, 진산을 충허의 윗줄에 놓았다.

"말도 안 돼!"

다 틀렸다. 저기 입을 쩍 벌리고 있는 홍소천이 그에 대한 방증이었다.

충허는 감히 올려다보기도 어려울 정도로 엄청난 고수였다.

'나만 그런 건 아니지?'

제갈연이 혹시나 싶어 슬쩍 시선을 돌렸다.

숙부인 제갈곡은 말할 것도 없었고, 소무결과 운현 역시 무언가에 홀린 듯한 얼굴로 모용기와 충허의 비무를 쳐다봤다.

천영영은 가뜩이나 큰 눈을 찢어져라 크게 떠서 눈알이 쏟아질 것처럼 보였고, 명진의 두 눈은 잔뜩 붉은 기를 머금은 채 위험하게 번들거렸다.

모두가 넋을 놓고 주 사람의 움직임을 따라가기 바빴다.

'나도 이럴 때가 아니지!'

지금은 하나라도 더 눈에 담아 둘 때다.

제갈연은 얼른 모용기에게로 시선을 돌렸다.

땅!

충허가 또 다시 모용기의 검을 튕겨 냈다.

모용기는 여전히 충허의 힘을 거역하지 않고 방향을 돌리기에 바빴다.

그리고 다시 검 끝이 충허를 향했을 때는 모용기의 검에 점점 더 힘이 붙었고 속도는 더 빨라졌다.

충허의 힘을 받아 내는 것으로도 모자라 충허에게 되돌리는 것이다.

이제는 홍소천 정도만 모용기의 검을 잡아낼 뿐, 나머지는 흐릿하게 남겨진 궤적을 쫓는 것에 급급했다.

"대단하구나!"

홍소천이 저도 모르게 감탄사를 터트렸다.

제갈곡과 소무결 등도 벌어진 입을 다물지 못하고 있었다.

손가락 하나로 모용기의 검을 돌려세우는 충허, 그 힘을 고스란히 되돌리는 모용기의 기예는 신기에 가까웠다.

그러나 정작 모용기는 죽을 맛이었다.

'썅! 이거 감당이 안 되잖아!'

충허의 힘을 되돌림으로써 자신의 부족함을 메우려던 의도대로 힘과 속도가 붙었다.

그리고 그 힘을 돌려 충허를 공격하는 것까지는 좋았다.

하나 그뿐이었다.

'이거 진짜 괴물이네.'

아무리 공격해도 가볍게 밀어냈고, 계속해서 충허의 힘만 중첩됐다.

그러다 보니 모용기의 몸이 따라가기가 버겁다고 삐걱거리기 시작했다. 조금 더 지나면 비명을 지를 터.

반면 충허는 끝을 보이지 않고 있었다.

'이럴 줄 알았으면 처음부터 충분히 털어 내고 공격할걸.'

충허의 힘을 충분히 해소해야 했다. 조금은 비벼 볼 수 있지 않을까 생각한 게 실책이었다. 쓸데없는 호승심이 화를 부른 게다.

'대체 얼마나 고수인 거야?'

충허의 힘을 실은 모용기의 검은 점점 더 강력한 힘을 실었다.

그런데 그를 상대하는 충허의 힘은 처음이나 지금이나 한결같았다.

사량발천근의 묘리가 극에 달한 게다.

'이제 와서 그만둘 수도 없고······.'

이미 모용기가 감당할 수 있는 범위를 넘어섰다.

모용기 스스로 해소하지 못한다.

어떻게든 힘을 쏟아 내야 했다.

'천장으로 날려 버릴까?'

그런데 즐거워 보이는 충허의 얼굴을 보니 괜히 심술이
났다.

자신은 죽을 것처럼 괴로운데 실실 웃고 있는 게 마음에
들지 않았다.

마음을 고쳐먹은 모용기가 으득 하며 이를 갈았다.

'막을 수 있으면 막아 봐!'

마음을 굳힌 모용기가 다시금 충허에게 검을 뻗었다.

땅!

연신 즐겁다는 얼굴의 충허가 손가락으로 검면을 때렸다.

모용기는 얼굴을 찡그리며 크게 원을 그렸다.

그리고는 한순간 눈을 번뜩이더니 엄지로 검병을 강하게
튕겼다.

후우웅!

모용기의 검이 무섭게 회전했다.

'이! 이런!'

모용기의 검을 받아 내며 미소를 머금고 있던 충허의 얼
굴이 처음으로 굳어졌다.

모용기가 어디까지 받아 내나 궁금해서 신을 냈던 것이
이런 식으로 되돌아올 줄은 생각도 못 했기 때문이다.

'그냥은 못 받아 낸다!'

무섭게 회전하는 모용기의 검은 충허에게도 위협적으로
다가왔다.

거리를 좁힐수록 회전에 힘이 붙으며 더 파괴적인 형상이었다.

"흡!"

충허가 한쪽 발을 뒤로 물리며 단단히 몸을 지탱했다.

그리고는 빠르게 양팔을 교차시키는데, 그 궤적을 따라 이리저리 흔들리는 품이 넓은 소매가 완연한 태극을 그려 냈다.

무당의 절기 태극권이 충허의 손에서 다시금 모습을 드러냈다.

'저걸로 될까?'

무당의 태극권이 강한 힘을 제어하는 데 탁월하다는 것은 익히 알고 있었다.

하지만 자신의 검 역시 뚫어 내지 못한 것이 없었다.

모용기의 무공이 그 당시에 미치지 못한다고는 하나 지금은 충허의 힘까지 실려 있다.

'지금이라도 방향을 틀까?'

순간 고민했지만 이미 늦었다. 섣불리 움직였다가는 자신의 손목이 날아간다. 충허의 힘까지 실렸기 때문이다.

'에라, 모르겠다. 알아서 하겠지.'

그 순간 퍽 하고 핏물이 터졌다.

모용기의 손바닥이 버텨 내지 못한 것이다.

시뻘건 핏물이 검막처럼 둥글게 원을 그렸다.

모용기는 이를 악물고 그 사이로 뛰어들었다.

푹!

'어라?'

요란한 굉음 같은 것은 존재하지 않았다.

흡사 푹신한 베개를 찌르는 느낌이었다.

충허의 태극이 모용기의 검을 기어이 받아 낸 게다.

'괴물이네, 진짜! 그래도 이 정도로는 어림도 없지!'

검의 회전은 여전히 죽지 않았다.

오히려 사납게 이빨을 드러내며 충허의 소맷자락을 갉아
먹기 바빴다.

잘게 찢겨진 하얀 천조각과 시뻘건 핏물이 사방으로 비
산했다.

그 와중에도 모용기의 검은 꾸역꾸역 전진했다.

충허는 얼굴을 찌푸렸다.

'쉽지 않구나.'

모용기의 검을 늦추는 것까지는 성공했으나 완전히 잡아
놓기는 버거웠다.

내력을 극으로 끌어올리면 가능하다.

그러나 모용기가 그 반탄력을 감당할 수 있으리라 생각
되지는 않았다.

어쩔까 잠시 고민하는 동안 모용기의 검은 어느새 충허
의 가슴을 헤집으려 노려보고 있었다.

그 순간 충허는 마음을 정했다.

"어?"

모용기가 뾰족하게 소리를 높였다.

검로를 틀어 버리는 충허의 선택을 예상하지 못했기 때문이다.

그리고 그 순간 모용기의 검이 쭉 뻗어 나갔다.

모용기는 시커멓게 확대되는 벽을 마주하고는 이내 얼굴을 구기고 말았다.

"이런 씨!"

쾅!

그날은 모용기가 명진과 함께했다.

아무렇게나 들판에 드러누워 있던 모용기가 음울한 얼굴로 자신의 검을 손질하는 명진에게 질문했다.

"대체 왜 그러는 거냐?"

명진이 예민하다는 건 다들 안다.

그래서 사소한 일에도 자주 날을 세웠다.

그러나 선을 넘지는 않는다.

항시 전투 중이라는 자각이 있기 때문이다.

그러나 그런 명진도 유독 정월에는 스스로를 통제하지

못했다. 작은 일에 크게 싸움이 붙었다.

당연히 좋은 상황이 아니다. 그나마 명진을 제어할 수 있는 이가 모용기와 철무한이다.

그래서 둘이 번갈아 가며 명진의 옆을 지켰다.

그러나 그 짓도 지켜워진 모용기가 참지 못하고 질문한 게다.

"말 좀 해 봐. 무슨 일인지. 그래야 뭐라도 해 볼 거 아냐?"

그러나 명진은 아무런 대답이 없었다. 여전히 검을 손질하는 데만 열중했다.

"아, 진짜……."

모용기가 짜증이 가득한 얼굴로 머리를 벅벅 긁으며 상체를 일으켰다.

"너 때문에 다들 숨죽이고 있는 거 안 보여? 너 하나 때문에 이 난리다. 애들한테 미안하지도 않냐?"

그제야 명진이 모용기를 돌아봤다.

새빨갛게 충혈된 눈이 핏물이라도 뚝뚝 떨어질 듯이 살기로 가득했다.

모용기는 저도 모르게 긴장했다.

'젠장, 괜히 건드렸다.'

이유가 뭔지는 몰라도 잔뜩 독이 올라 있다.

이럴 때는 살풀이라도 해야 가라앉는다. 잘못 건드린 게다.

'썅.'

모용기가 명진의 눈치를 보며 슬금슬금 검으로 손을 뻗었다.

독이 오른 명진을 맨손으로 상대하는 건 자살행위다.

검이 있어야 한다.

계산이 선 모용기가 침을 꿀꺽 삼키며 늘어진 근육에 긴장을 불어넣는데, 명진이 휙 하고 시선을 돌려 버렸다.

모용기가 눈을 동그랗게 떴다.

"어라?"

그리고는 신기한 생물을 쳐다보듯 명진을 요리조리 살폈다.

"너 명진 맞냐? 내가 아는 명진은 아닌 것 같은데?"

명진이 얼굴을 구겼다.

"치워라. 진짜 죽는다."

으득 하며 이를 가는 소리가 섞였다. 억지로 참는 게다.

그런데 모용기는 헐 하며 헛웃음을 흘렸다.

"이 자식이 뭐 잘못 먹었나? 어울리지도 않는 짓을 하고."

말보다 주먹이 앞서는 명진이다.

칼부림이 났어도 벌써 났어야 했다.

정파의 명문인 무당 출신인 주제에 참을성이란 단어와는 눈곱만큼도 어울리지 않는 녀석이다.

궁금하다기보다는 어처구니가 없었다. 그래서 멍청히 쳐다보고만 있는데 명진이 불쑥 말했다.

"오늘은 안 싸운다. 건드리지 마라."

"그러니까 왜?"

"우리 사부님 기일이다."

"너희 사부?"

모용기가 눈을 또르르 굴렸다.

"충허 진인이라고 했던가? 초대 참룡대주?"

"맞다."

대답을 하는 명진의 목소리는 어딘가 힘이 빠져 있었다.

그러나 모용기는 아랑곳하지 않고 계속 질문했다.

"엄청 강했었다고 하던데?"

"강하셨다. 나 따위와는 비교도 안 될 정도로 강하셨지."

그 얘기는 모용기도 많이 들었다. 무당의 긴 역사를 살펴도 한 손에 꼽을 만큼 강자였다고 들었다. 그래서 궁금했다.

"그런 분이 왜 돌아가신 거야?"

명진이 어금니를 악문 채 모용기와 시선을 맞췄다.

그제야 모용기는 눈치 챌 수 있었다.

명진의 붉게 물든 두 눈은 살기로 번들거리는 것이 아니라 눈물이 차오르는 것을 억지로 참았기 때문이라는 것을.

❖ ❖ ❖

모용기가 스르르 눈을 떴다.

"꿈인가?"

오래된 기억이다. 그러나 유쾌한 기억은 아니다. 그날은 조용히 지나갔어도 다음 날은 살벌하게 칼춤을 췄으니까.

고개를 절레절레 젓던 모용기가 얼굴을 찡그렸다.

"아우, 머리야."

이마에 주먹만 한 혹이 만져졌다.

아프지 않은 게 이상할 정도로 큰 혹이다.

모용기가 이마를 꾹꾹 눌렀다.

"에이 씨. 이러니까 아프지. 맞다! 충허 진인!"

모용기가 갑자기 벌떡 일어났다. 그러자 모용기의 상체에 걸쳐져 있던 무언가가 쿵하고 떨어져 내렸다.

"아야! 어떤 새끼가!"

바닥을 뒹군 운현이 벌떡 일어서며 얼굴을 구졌다.

그리고는 모용기는 발견하고는 눈을 동그랗게 떴다.

"어라? 너 언제 일어났냐?"

"어? 방금…… 아니, 이게 아니고 네가 왜 내 방에 있어?"

"그거야 네가 정신을 못 차리니까 걱정돼서 그런 거 아니야. 야! 다들 일어나 봐. 이 자식 깼다."

"응?"

모용기가 운현의 시선을 따라갔다. 탁자에 엎드려 자던 제갈연과 천영영이 먼저 시야에 들어왔다. 제갈연이 얼른 입가의 침을 훔치며 말했다.

"어? 일어났어요?"

"어? 어."

천영영은 말없이 눈만 깜빡거렸다. 그 와중에 바닥에 아무렇게나 널브러져 있던 소무결이 머리를 벅벅 긁으며 일어났다.

"살아 있었네?"

저 자식은 말을 해도 꼭 저렇게 한다.

모용기가 얼굴을 구겼다.

"당연하지. 내가 죽길 바랐냐?"

모용기가 한껏 으르렁거리는데 이번에는 명진이다.

벽에 기댄 상태로 잠들었던 명진이 팔짱을 긴 채 다가와서 내려다봤다.

"괜찮냐?"

"이 정도야, 뭐……."

모용기가 고개를 끄덕였다. 그러다가 무슨 생각이 들었는지 다급한 얼굴로 명진의 옷깃을 낚아챘다.

"그것보다 너희 사부 어디 갔냐?"

"우리 사부님?"

"그래. 너희 사부 어디 가셨어? 나 좀 만나게 해 주라."

몇 년 전부터 모용기는 자신의 무학이 정체돼 있음을 인지했다.

그나마 돌파구라 할 수 있었던 것이 다른 이의 무공을 모방하는 것이다.

그러나 소무결의 타구봉법처럼 가질 수 있는 경우보다 그렇지 못한 경우가 더 많았고, 그나마 취한 것도 효과는 미미했다.

어디까지나 모용기가 가진 틀 안에서 활용이 가능했기 때문이다.

그래서 모용기는 급했다.

충허의 한 차원 높은 수준의 무학은 새로운 자극이었다.

마구잡이로 꼬여 있던 실타래를 풀 수 있을 것만 같았다.

그러나 명진은 모용기가 원하는 답을 해 주지 않았다.

"무당으로 돌아가셨다."

"뭔 소리야? 온 지 얼마나 됐다고?"

모용기가 언성을 높였다. 기세가 자못 사나웠다.

그러나 명진은 담담하게 대꾸했다.

"원래 어지간해서는 무당산 아래로 내려오지 않으시는 분이다."

모용기가 얼굴을 구겼다. 그러더니 갑자기 벌떡 일어섰다.

"나도 간다."

운현이 모용기를 붙잡았다.

"야 인마. 가긴 어딜 가?"

"어디긴 어디야? 무당이지."

모용기가 팔을 툭 털자 운현의 손길이 떨어져 나갔다. 몇 번을 봐도 신기한 기예다.

운현이 입을 헤벌리는데, 먼저 정신을 차린 소무결이 모용기의 다리를 붙잡고 늘어졌다.

"야 이 씨. 거기가 어디라고 가? 무당이라고, 무당."

모용기가 무당산에 오른다고 문제가 될 것은 없었다.

참배객도 많고 관광객도 많은 무당이다.

그러나 모용기의 목적은 충허였다.

이건 문제가 될 소지가 컸다.

"이거 안 놔? 찬다?"

"아니, 차진 말…… 아, 이게 아니라. 야, 너희들도 좀 말려 봐."

말이 끝나기 무섭게 제갈연이 후다닥 길을 막았다.

"일단 진정 좀 하세요. 용봉관은 어쩌고 무당에 간단 말이에요?"

"지금 용봉관이 문제야? 아, 아니다. 너희들도 짐 싸. 다 같이 가자."

눈을 보니까 진심이다.

하지만 용봉관생이 허락 없이 정무맹을 이탈하는 것은

대형 사고였다.

계산이 선 운현이 얼른 모용기의 남은 한쪽 다리에 매달렸다.

팔을 잡으면 또 떨쳐 낼 테다.

"야 인마. 가긴 어딜 가? 진짜 큰일 난다니까."

"이것들이! 진짜 찬다?"

"그러니까 차지 말라고!"

"가지도 말고!"

명진이 한숨을 쉬었다. 그리고는 모용기의 어깨를 붙잡았다.

"넌 또 왜?"

"사부님께서 너한테 전해 주라고 하셨다."

"응?"

"나무가 크게 자라려면 가지가 많은 게 아니라 뿌리가 깊어야 한다고 하셨다."

"그거야 당연한…… 응?"

"너라면 알아들을 거라 하셨다."

모용기가 눈을 동그랗게 떴다.

"말도 안 돼! 그 짧은 순간 그걸 봤다고?"

강호의 수많은 명숙들을 만났지만 누구도 알아보지 못한 것이다.

알아보기는커녕 오히려 칭찬하기 바빴다.

그런데 충허는 단 한 번의 비무로 그것을 꿰뚫어 봤다.

'진짜 괴물 아냐? 대체 경지가 어느 정도인 거지?'

원래 아는 만큼 보이는 법이다.

모용기가 가진 약점을 알아본다는 것은 충허 역시 이 과정을 겪었다는 뜻이다.

특히 한눈에 알아봤다는 점이 중요했다.

그가 가진 무학의 깊이가 도저히 가늠조차 되지 않았다.

눈치만 보던 소무결이 모용기의 바지를 툭툭 당겼다.

"너도 그렇고, 충허 진인도 그렇고…… 도대체 뭘 그렇게 본다는 건데?"

모용기가 얼굴을 구겼다.

"시끄럽고. 니들 이거 당장 안 놓으면 진짜 피똥 싸게 만들어 준다."

운현과 소무결이 앗 뜨거 하는 얼굴로 후다닥 떨어졌다.

모용기는 얼굴을 찡그리다가 침상에 털썩 주저앉았다.

'충허 진인 정도 되는 사람이 헛소리를 할 리도 없고……'

분명 다 보고 한 말일 게다.

모용기가 명진이나 소무결이 갈 길을 보는 것과 같은 이치일 터.

'씨발.'

모용기는 욕설이 나왔다.

좀 쉽게 가나 했더니 결론은 난화삼십육검이었다.

돌고 돌아서 제자리로 온 게다.

얼굴을 찡그리던 모용기가 갑자기 창밖으로 시선을 던졌다.

"응?"

명진이 한 박자 늦게 모용기와 같은 것을 느꼈다.

소무결이 질문했다.

"누가 왔나?"

"인마, 너도 수련 좀 하라고."

"그게 수련한다고 금방 되나?"

모용기가 명진을 턱짓했다.

"쟤는 하잖아?"

"네가 쟤랑은 비교하지 말라며?"

소무결이 뻔뻔한 얼굴로 대꾸했다.

모용기가 얼굴을 구겼다.

요결 차 말아 고민하는데, 누군가 문을 두드렸다.

탕탕탕!

"안에 있는가? 나 당화기일세."

홍소천이 차를 홀짝거리는 적송과 정허를 쳐다봤다.

일단 부르기는 했는데 쉬운 일이 아니었다.

거지가 주축이라 비교적 행동이 자유로운 개방과는 달리 곤륜과 아미는 남들의 이목도 신경 써야 했다.

마음이 맞는다고 함부로 움직일 상황이 아니었다.

'사고를 쳐도 적당히 해야지.'

원래부터 이목을 끌던 놈이긴 했지만 중간시를 기점으로 그 정도가 달라졌다.

이제는 개방 홀로 방패막이가 되지 못한다.

막아야 할 범위가 너무 커졌다.

'그놈은 좀 도와줄 것이지, 뭐가 그리 급하다고 냉큼 몸을 빼는지.'

무당이 도와준다면 큰 도움이 된다. 그러나 충허는 그럴 마음이 없어 보였다.

오히려 번잡한 것이 싫다며 뒤도 돌아보지 않고 무당으로 돌아갔다. 그게 서운했다.

'아니, 이럴 때가 아니지. 일단 급한 것부터……'

홍소천이 얼른 고개를 저었다. 그리고는 적송과 정허에게로 시선을 두는데, 마침 홍소천을 쳐다보던 둘과 눈이 맞았다.

"거지 처음 봐? 뭘 그렇게 쳐다봐?"

적송과 정허가 어이가 없다는 얼굴을 했다. 그러나 냉큼 정신을 잡은 적송이 먼저 말했다.

"우리를 부른 건 방주이지 않소? 할 말이 있어서 부른 것 아닙니까?"

"그렇긴 한데……."

홍소천이 고개를 주억거리며 난감한 표정을 했다. 그러나 그것도 잠시뿐, 곧 짜증이 배인 어조로 말을 이었다.

"다 알면서 뭘 물어? 계속 모른 척할 테야?"

이번엔 적송이 난처한 얼굴을 했다. 홍소천은 아랑곳하지 않고 말을 이었다.

"내 톡 까놓고 말함세. 도와주게."

자세한 부연이 없어도 무슨 말인지 단박에 이해가 갔다.

그 정도 눈치도 없었으면 애초에 자파를 대표해서 정무맹에 파견될 일도 없었을 게다.

그래서 적송은 난처했다. 그러나 정허는 전혀 그렇지 않았다.

"알겠습니다."

"으응?"

"사태!"

적송이 당황한 얼굴을 감추지 못했다.

그러나 정허는 조금도 흔들리지 않고 담담한 얼굴로 홍소천과 시선을 맞췄다.

"우리 아미는 개방과 함께하겠습니다."

이건 예상하지 못했다. 홍소천이 잠시 말문을 닫는 사이 적송이 빠르게 말했다.

"정허 사태! 지금 사태가 무슨 말을 하고 있는지 알고 있는 거요?"

"압니다."

"정말 아는 게요? 알면서도 그런 말을 한다는 거요? 이건 쉬운 문제가 아닙니다."

"충분히 알고 있습니다."

"아니, 정말……."

"좀 조용히 하게."

"하지만……."

홍소천이 손을 들어 적송의 말을 잘랐다. 그리고는 다시 정허와 눈을 맞췄다.

"정말 아는 게야?"

"물론입니다."

"그런데도 같이 하겠다고?"

"그러자고 하셨잖습니까?"

"그렇긴 한데……."

일이 너무 쉽게 풀린다. 홍소천이 떨떠름한 얼굴을 했다.

정허가 부드럽게 웃으며 이유를 설명했다.

"영영이가 일전에 저를 찾아온 적이 있습니다."

"응? 개가?"

"그런데?"

"저에게 비무를 부탁했습니다."

"그래서?"

"정말 놀랐습니다. 많이 늘었더군요. 검시에서 본 것과는 비교도 되지 않을 정도로 성장했어요. 이게 정말 우리 영영이가 맞는지 고민했을 정도였으니까요."

그 마음은 홍소천도 안다.

가끔씩 소무결과 손을 섞을 때마다 하루가 다르게 성장하는 그의 실력에 놀란 적이 한두 번이 아니었기 때문이다.

"적당히 해서는 감당이 안 되더군요. 모처럼 힘을 좀 썼습니다. 덕분에 흥이 났었지요."

"그렇지. 그거 해 보면 손맛이 제법이라니까."

홍소천이 동의한다는 듯이 껄껄 웃었다.

그러나 적송은 여전히 동의할 수 없다는 얼굴을 했다.

"고작 그것 때문에 이 일을 하겠다는 겁니까?"

정허가 진지한 얼굴로 적송과 시선을 맞췄다.

"그날 저는 영영이가 다시 찾아올 것을 기대했습니다. 늦게 배운 도둑질에 날 새는 줄 모른다고 제가 딱 그 짝이었습니다. 그날 밤에 심장이 뛰어서 한숨도 이루지 못했습니다."

"그럼 영영이와 비무를 하면 될 일 아니오? 왜 굳이……."

정허가 고개를 저었다.

"그날 이후 영영이가 절 찾지 않더군요."

"그건 또 무슨 말이오?"

"말 그대로입니다. 절 찾지 않더군요."

"아니 왜?"

"저도 몰랐지요. 사문의 어른이기도 하고 정무맹 장로씩이나 돼서 비무하자고 일부러 찾아갈 수도 없으니 물어볼 수도 없었고요. 그런데 이번 중간시를 보니 그 이유를 짐작할 수 있었습니다."

"그게 뭐요?"

"저와 비무를 하는 게 영영이는 재미가 없었나 봅니다."

"아니 그게……"

적송이 눈을 동그랗게 떴다.

정허는 희미하게 웃더니 한 박자 쉰 후에 말을 이었다.

"그 아이가 무공을 펼치는 것을 보고 초식에 대한 이해도가 많이 깊어졌다는 것을 알 수 있었습니다. 저보다도 더 나아 보였습니다. 부끄럽지만 저는 영영이의 검을 예측하지 못했습니다. 그 아이보다 적어도 이십 년은 더 아미의 검을 들여다봤음에 말입니다."

적송이 입을 다물었다. 정허가 느낀 감정을 자신 역시 운현의 검을 통해 느꼈기 때문이다.

"그거야 자네들이 싸움다운 싸움을 해 보지 못했으니까 그런 게지."

정사대전 이후 평화의 시기가 너무 길었다.

그러다 보니 모두가 싸우는 방법을 잊고 살았다.

자연히 전체적인 무공 수준이 낮아졌다.

"홍 방주님은 정사대전을 경험하셨지요?"

"그랬지. 끄트머리긴 했어도 덕분에 이름 깨나 날리고 있지 않은가?"

충허와 홍소천, 조화심은 끝물이기는 했어도 그나마 정사대전을 경험했다.

그것이 다른 이들보다 자신들이 앞서나가는 이유라고 생각하는 홍소천이었다.

"어쨌건 그때 알았습니다. 저 아이가 나와 비무를 하는 것이 참 재미가 없었겠구나 하는 것을요. 왜 안 그렇겠습니까? 그 아이는 검의 길을 찾는데 저는 힘으로 찍어 누르기만 했으니까요."

적송이 가만히 눈을 감았다.

'그랬던가?'

정허가 말하는 바에 공감이 갔다.

그렇게 들들 볶아 대던 운현 역시 모용기와 어울린 이후부터는 자신을 찾지 않기 때문이다.

그러나 적송은 마음을 쉽게 정하지 못했다.

정허와는 다르게 자신은 용봉관주였다.

자신이 모용기의 편을 들기라도 할라치면 말이 나올 게다.

홍소천, 정허가 들을 말과는 비교가 되지 않을 터다.

'어렵구나.'

정허는 홀로 생각에 잠긴 적송을 내버려 두고 호기심이
반짝이는 눈으로 홍소천을 쳐다봤다.

"모용기란 아이는 어떻습니까?"

"응?"

무방비 상태로 있던 홍소천이 갑자기 날아온 화살에 흠
칫했다. 그러나 오래지 않아 생각을 정리하며 준비한 말을
했다.

"나도 몰라."

"예?"

정허가 눈을 동그랗게 떴다. 홍소천은 시큰둥한 얼굴로
재차 말했다.

"고 녀석이 무공을 쓰는 것을 본 적이 없는데 내가 어떻
게 아나? 오히려 검시에 참여한 자네들이 더 잘 알겠지."

충허와 모용기의 비무는 비밀로 하기로 입을 맞췄다. 말
이 새면 누구에게도 도움이 되지 않는다. 번잡한 것을 싫
어하는 충허는 둘째 치더라도 가뜩이나 지켜보는 눈이 많
은 모용기였다. 덮어 두는 것이 쓸데없는 소란을 막는 길
이다.

그러나 그런 사실을 알 리 없는 적송은 불만이 앞섰다.

"방주께서는 어찌 그리 태평하십니까? 우리 아이들을 맡기는 일입니다."

"그게 중요한가?"

"당연히 중요하지요. 모용기가 어떤 아이인지는 알아야 우리 아이들을 맡기든 말든 할 것 아닙니까? 혹여 사도의 아이라면……."

"그런 걱정은 말게. 모용세가의 아이니까."

"성정이 삐뚤어져 있을 수도……."

"자네도 명진이 고놈 성격 알지? 그 녀석과도 잘 지내는 녀석이니 그런 걱정은 접어 두게."

"그럼 실력이라도 확실히 알아야……."

홍소천이 한심하다는 눈으로 적송을 쳐다봤다.

적송이 떨떠름한 얼굴을 했다.

"왜 그런 눈으로 보십니까?"

"몰라서 물어? 한심해서 그런다. 지금 아이들 실력을 이끌어 낸 게 누군지 몰라서 하는 말이야?"

적송은 입을 다물 수밖에 없었다.

홍소천은 혀를 끌끌 차다가 다시 말했다.

"말이 나온 김에 내 한마디 더 해 줌세. 무결이 말 들어 보니까 자네들 아이들은 고 녀석이 대충 가르쳤다더군."

"예? 그건 또 무슨 말입니까?"

"그 말 그대로야. 대충 가르쳤어."

정허가 적송을 힐끗 쳐다보며 말했다.

"방주님, 그렇게 앞뒤 잘라먹고 말하시면 알아듣기가 어렵습니다. 자세히 설명을 해 주셔야 저희가 알아들을 것 아닙니까?"

홍소천은 귀찮다는 얼굴로 고개를 절레절레 젓다가 결국 한숨을 쉬며 말했다.

"무결이한테 들어 보니까, 자네들 아이들이나 무결이나 모용기 고놈한테 검을 배운 기간은 크게 차이가 안 나. 기껏해야 두 달 정도더군."

정허가 눈을 동그랗게 떴다. 그러나 적송이 더 빨랐다. 적송이 자리에서 벌떡 일어섰다.

"말도 안 됩니다! 무결이의 자질이 훌륭하다는 건 알고 있지만, 자질만 보면 우리 운현이도 누구보다도 뛰어납니다. 고작 두 달 만에 그런 차이가……."

"그래서 말했잖나. 고놈이 대충 가르쳤다고."

"아니, 그게 그러니까……."

적송이 여전히 이해하지 못했다.

정허 역시 납득이 가지 않는 얼굴이었다.

홍소천이 자세하게 부연했다.

"우리 무결이나 명진, 그리고 제갈가의 계집애는 고놈이 들들 볶다시피 하면서 하루 종일 돌아가며 칼질하게 했다더군. 그런데 자네들 아이들은 하루에 딱 세 번만 했대.

그러니까 그런 차이가 나게 된 게지."

정허가 아 하고 감탄사를 터트렸고, 적송도 그제야 이해가 된 얼굴이었다.

그러나 적송은 오히려 더 흥분한 얼굴로 침을 튀겼다.

"아니 그건 또 무슨 말입니까? 누군 제대로 가르치고 누군 대충 가르치고. 이건 또 무슨 경우란 말입니까? 이게 말이나 됩니까?"

목소리를 높이는 적송이었으나, 그의 흥분이 묵색하게 홍소천이 냉큼 대답했다.

"어. 말이 돼."

"예?"

"말이 된다고. 내 말 못 알아듣겠나?"

적송이 멀뚱멀뚱 홍소천의 뻔뻔한 얼굴을 쳐다보다가 뒤늦게 기가 차다는 얼굴로 헛웃음을 흘렸다.

"허……."

홍소천은 아랑곳하지 않고 다시 말했다.

"왜 이해가 안 되나?"

"당연히 이해가 안 되지요. 가르치려면 똑같이 가르쳐야……."

"걔가 왜?"

"예?"

"그러니까 걔가 자네 아이를 왜 가르쳐야 하냐고. 걔가 용봉관 교두라도 되나? 걔가 자원봉사라도 하겠다던?"

적송은 일순 말문이 막혔다.

사실이 그러했다. 모용기가 운현을 가르쳐야 할 하등의 이유가 없었기 때문이다.

"그럼 무결이나 명진은……?"

"그걸 몰라서 물어? 내가 자네들을 부른 이유를 고새 잊은 겐가?"

적송은 그제야 머릿속에 둥둥 떠다니는 조각들을 하나로 맞출 수 있었다.

"그러니까 그게……."

"자네가 생각하는 게 맞아. 아미는 이미 결정했으니까 자네도 빨리 결정해. 그래야 고 녀석이 곤륜의 아이를 더 가르칠지 말지 결정할 것 아닌가."

13 章.

참룡
회귀록

斬龍回歸錄

13 章.

"숙부님!"

당소문이 기겁을 했다. 그러나 당화기는 싸늘한 눈으로
대꾸했다.

"네가 버릇이 없구나. 누가 어른 앞에서 소리를 높여도
된다고 하더냐? 형님께서 그러라 하시더냐?"

"아…… 아니 그게……."

"닥쳐라! 지금 어디서 말대꾸냐? 네가 경을 쳐야 정신을
차리겠느냐?"

정무맹에서 타파의 사람들과 어울리느라 많이 유해진 당
화기였다.

하나 그렇다고 본연의 성격이 완전히 감춰지는 것은 아니

었다.

특히 혈족들 앞에서는 감출 이유가 전혀 없었다.

얼굴이 새파랗게 질린 당소문이 냉큼 고개를 숙였다.

"죄송합니다!"

그러나 한번 붙은 불길은 쉬이 가라앉는 법이 없었다.

당화기는 여전히 찌푸린 얼굴로 당소문을 노려봤다.

모용기가 한숨을 쉬었다.

'여기가 지네 안방이야, 뭐야?'

짜증이 났다. 그러나 용케 웃는 얼굴을 무너트리지 않았
다.

"장로님, 지금 그게 중요한 게 아니지 않습니까?"

"아…… 그렇지. 내가 못 볼 꼴을 보였군. 이거 미안하
네."

"괜찮습니다. 그보다……."

모용기가 여전히 고개를 숙이고 있는 당소문을 힐끗 쳐
다봤다.

"아차, 내 정신 좀 보게. 너는 그만 고개를 들거라."

"감사합니다."

"에잉. 못난 놈."

당화기가 못마땅하다는 얼굴로 혀를 찼다. 그러나 모용
기를 쳐다볼 때는 그런 기색을 깨끗이 씻어 냈다.

"내 이렇게 부탁하겠네. 저놈 잘 좀 봐주게."

결국 이거다. 당소문을 가르쳐 달라는 게다.

'뭐…… 요놈만 보면 더한 것을 요구해도 들어주긴 해야
하는데…….'

모용세가와 마지막을 함께한 당소문이다.

모용기의 목을 요구한다 해도 할 말이 없었다.

'근데 형을 생각하면 또 그게 아니란 말이지.'

모용소는 당소혜와 혼인을 한 이후로 단 한 번도 당가의
문턱을 넘지 못했다.

사위로 인정받지 못한 게다. 수모도 이런 수모가 없었다.

"흐음……."

모용기가 애매하다는 눈으로 당소문을 쳐다봤다. 당화기
가 몸이 달았다.

"자네 말대로 우리가 보통 인연인가? 사돈이 아닌가? 우
리 소혜, 아니 자네 형을 봐서라도 저 녀석 좀 맡아 주게."

모용기가 시큰둥한 얼굴로 당화기를 쳐다봤다.

'그러니까 그게 문제라고 이 아저씨야.'

그럴수록 당화기는 마음이 더 급해진다.

"저놈이 저래도 심성은 착한 놈이네. 받은 건 절대로 잊
지 않지. 저놈뿐인가? 우리 당가 역시 받은 건 잊지 않네."

당가까지 끌어들이는 당화기였다.

모용기가 노린 바다. 모용기는 일순 눈을 반짝이다가 급
히 낯빛을 고쳤다. 그리고는 난처하다는 얼굴로 말했다.

"아 그게……."

"내 이렇게 부탁하겠네. 사정 좀 봐주게나. 우리 소문이
좀 맡아 주게."

"흐음……."

이쯤 되면 뭔가 이상하다.

'이 아저씨가 왜 이래? 순무대전이 그렇게 급한 집안도
아닌데…….'

당화기가 필요 이상으로 저자세를 취했다.

모용기는 그게 의심스러웠던 게다.

모용기의 생각대로 당가는 순무대전이 급한 가문이 아니
었다.

당가는 독과 암기, 그리고 독한 성정으로 유명했지, 순무
대전 같은 비무에서 두각을 보이는 가문이 아니었기 때문
이다.

반면 당화기는 그만큼 급했다.

'이건 무조건 잡아야 한다.'

당화기는 모용기가 아이들에게 가르친 것이 무엇인지 알
아볼 눈이 있었던 것이었다.

'기(技)라…….'

무학은 크게 기(氣)와 기(技)로 나뉜다.

기(氣)는 내력이고, 기(技)는 초식이다.

물론 둘을 따로 놓고 논할 것은 아니다.

무엇을 더 중시하는가의 정도의 차이는 있을 뿐, 고수가 되려면 둘 모두를 중시해야 한다는 것이 강호의 중론이었다.

'이게 지금 나타날 줄이야.'

시간이 지나면 자연스레 늘어나는 기(氣)와는 달리 기(技)는 경험이 중요했다.

선대에서 후대로, 후대에서 또 그다음 세대로 전해지면서 축적되는 경험이 중요했다.

그게 정사대전을 기점으로 자취를 감춘 게다.

기(技)를 후대로 전해 줘야 할 고수들이 대부분 명을 달리한 까닭이었다.

그 탓에 강호 전체의 무학 수준이 전대에 비해 크게 떨어졌다.

'반드시 잡는다.'

이미 순무대전이 문제가 아니었다.

소실된 무공의 복구가 그보다 몇 배는 중요했다.

이게 당화기가 필요 이상의 저자세를 취하는 이유였다.

모용기가 여전히 모르겠다는 얼굴로 고개를 절레절레 저었다.

'에라, 모르겠다.'

당소문이면 겉보기와는 달리 심성도 좋은 편이고 자질도 충분하다.

가르칠 가치가 있다. 원하는 것만 얻으면 된다.

"문제가 있습니다."

일단 거절은 아니다. 당화기가 희망이 보인다는 얼굴로 침을 꿀꺽 삼켰다.

"다른 게 아니고…… 제가 애들을 공짜로 가르치는 게 아니라서요."

쉬운 문제다. 당화기의 얼굴에 화색이 돌았다.

"그야 당연하지. 자네가 뭐라고 공짜로 가르친단 말인 가? 당연히 대가를 받아야지."

그리고는 당소문을 돌아봤다.

"너는 내 거처로 가서 금와의 독단을 가져오너라."

당소문이 눈을 동그랗게 떴다.

"네? 하지만……."

"하지만은 무슨 하지만이냐! 당장 가져오란 소리 못 들었 느냐!"

"아…… 알겠습니다."

당소문이 후다닥 뛰쳐나갔다.

모용기 역시 눈을 동그랗게 떴다.

'와…… 이 아저씨 성격 한번 화끈하네.'

금와의 독단은 백 년 하수오보다 더 윗줄의 영약이었다.

소화하기가 쉽지는 않아도, 일단 소화하고 나면 꽤 효과 가 좋다고 소문이 자자했다.

"이 정도면 충분한가?"

"물론이죠. 성심성의껏 가르치겠습니다."

금본주의 미소가 만개했다.

"뭐 해? 안 들어와?"

모용기의 재촉에 당소문이 떨떠름한 얼굴로 문지방을 넘어섰다.

당소문을 확인한 소무결은 운현을 쳐다보며 히죽 웃었다.

"내 말 맞지? 쟤도 올 거라고 했잖아."

"젠장!"

운현이 얼굴을 구겼다. 그러거나 말거나 소무결은 손을 내밀기 바빴다.

"내놔."

운현이 잔뜩 일그러진 얼굴로 소무결에게 은자 하나를 건넸다. 소무결이 모처럼 누런 이가 보이도록 환하게 웃었다.

"이게 얼마 만에 보는 은자야."

운현은 억울함이 잔뜩 묻어나는 얼굴로 당소문을 노려봤다.

"사내자식이 줏대도 없이. 버티려면 계속 버틸 것이지 고걸 못 버티고. 당가가 독종이라더니 다 옛말이야."

당소문은 상황이 이해가 안 되는지 멀뚱멀뚱 쳐다보기만 했다.

모용기가 나서며 한심하다는 얼굴로 쳐다봤다.

"에라이 자식들아. 니들은 할 짓이 그렇게 없냐? 이딴 걸로 내기나 하고?"

운현이 발끈한 얼굴로 대꾸했다.

"그럼 진작 오든가. 괜히 시간만 질질 끌어서 돈이나 잃게 만들고."

적반하장이다. 어째 날이 갈수록 얼굴 가죽만 두꺼워지는 운현이었다.

모용기가 어이가 없어서 멍청한 얼굴로 쳐다보다가 뒤늦게 얼굴을 구기며 한소리를 하려는데 소무결이 끼어들었다.

"됐어. 심심해서 내기한 걸 가지고…… 그보다 당가에서는 뭘 받기로 했냐?"

"뭔 소리야? 내가 받긴 뭘 받아?"

소무결은 귓등으로도 듣지 않았다.

오히려 호기심이 가득한 눈으로 모용기를 재촉했다.

"그러지 말고 말해 봐. 독단이라도 받은 거 아냐? 어디 가서 소문 안 낼게."

소무결의 말에 모용기는 뜨끔했다.

'이게 신내림이라도 받았나? 금와 독단을 받은 걸 어떻게 알았지?'

그러나 이내 고개를 휘휘 저어 상념을 털었다.

그리고는 운현과 천영영을 돌아보며 말을 돌렸다.

"시끄럽고. 그보다 말 나온 김에 해치우자. 너희들은 어른들 언제 모시고 올 거야? 그게 해결돼야 제대로 가르치든 말든 하지."

제법 친해지긴 했어도 그뿐이다. 받을 건 받아야 했다.

함께 수없이 사선을 넘은 명진에게도 작긴 했지만 대가를 받았다.

회귀 전 짧은 인연에 그친 천영영과 운현을 그냥 가르칠 생각은 눈곱만큼도 없었다.

모용기의 생각을 읽은 운현과 천영영이 난처한 얼굴을 했다. 그때 소무결이 다시 끼어들었다.

"아…… 그거 말인데."

"응?"

"그거 우리 사부님이 자기가 알아서 하겠다고 하더라."

모용기가 황당하다는 얼굴을 했다.

"아니 그걸 왜 너희 사부님이 알아서 해? 내가 받을 건데?"

"중간시가 끝나고 많이 시끄러웠다고 하더라고. 여기저기서 말이 많대. 혼자서는 안 될 것 같다고 곤륜이랑 아미라도 있어야 하겠다던데."

그 말의 뜻을 이해한 모용기가 얼굴을 구겼다.

'아 진짜…… 예전이나 지금이나 뭐만 해 보려고 하면 사방에서 들이박으니…….'

예전에는 화가 나면 다 때려 부수기라도 했었다. 지금은 그럴 힘도 없다. 그래서 더 화가 났다.

모용기는 가시가 돋았다.

그 모습에 단번에 기가 죽은 소무결이 눈치를 보며 말했다.

"사부님이 꼭 필요한 일이라고……."

"누가 뭐래? 알았다고 말해 드려."

"진짜?"

"왜? 너희 사부 욕이라도 할까?"

"그건 아니고."

"대신 앞으로는 미리 말해 달라고도 전해 드리고."

"그럴게."

"그보다 언제 만나겠대? 빠르면 빠를수록 좋겠는데."

"지금 만나고 계실걸? 아마 오늘 중으로 연락 올 거야."

그 점은 마음에 들었다.

홍소천이 조금 독단적인 면이 있어도 일처리 하나만큼은

시원시원했다.

그때 가만히 눈을 감은 채 명상을 하던 명진이 슬며시 눈을 뜨며 시선을 들었다.

"으음……"

"응?"

운현이 명진을 힐끗 쳐다봤다. 소무결이 모용기에게 질문했다.

"또 누가 와?"

"어. 운설이."

"그런 것도 알 수 있어?"

소무결과 운현이 눈을 동그랗게 떴다. 천영영도 관심을 보였다.

명진은 가늘게 눈을 뜨며 모용기를 노려봤다.

"다는 모르지만 가까운 사람은 알 수 있지."

"헐."

운현이 신기하다는 눈으로 모용기를 쳐다봤다.

그 순간 백운설이 연공실의 문을 활짝 열어젖혔다.

"기아야! 우리 사부님이 너 좀 오래!"

백운설이 환하게 웃었다. 아니, 백운설만 환하게 웃었다.

모용기는 얼떨떨한 얼굴로 소무결을 쳐다봤다.

"쟤가 지금 뭐래니?"

"글쎄…… 워낙 순식간에 지나간 일이라……."

소무결이 운현을 쳐다봤다.

"쟤가 뭐라 그랬냐?"

"어?"

"쟤가 지금 뭐라 그랬냐고?"

"아…… 나도 잘못 들은 거 같은데……."

운현이 소무결이 그랬던 것처럼 시선을 돌리려고 하는데, 차가운 손길이 그의 뺨을 턱 짚었다. 운현이 깜짝 놀라며 한 걸음 물러섰다.

"야! 뭐 하는 거야?"

천영영이 한심하다는 얼굴로 셋을 쳐다봤다.

"다 들어 놓고 왜 단체로 바보짓이야? 운설이네 사부님이 기아 너 보자는 거잖아."

"맞아. 역시 영영이가 말귀가 빠르다니까."

백운설이 천영영 옆에 착 달라붙으며 헤실거렸다.

모용기는 멍청한 얼굴로 쳐다보기만 하다가 갑자기 격렬하게 반응했다.

"내가 너희 사부를 왜 봐?"

소무결과 운현의 반응 역시 모용기 못지않았다.

"그래. 너희 사부님이 애를 왜 봐? 얘 볼 게 뭐가 있다고?"

"그러게. 운설이 네가 잘못 들은 거 아냐?"

백운설은 여전히 헤실거리는 얼굴로 대꾸했다.

"아냐. 우리 사부님이 기아 보자고 하셨어."

"아니 그러니까 얘가 너희 사부님을 왜 보냐고? 무슨 이유로?"

"그거야……."

백운설은 갑자기 입을 닫았다. 그러더니 고개를 도리도리 저었다.

"가 보면 알아. 가 보면……."

모용기가 얼굴을 찌푸렸다.

'이 영감탱이가 미쳤나? 무슨 바람이 불어서 날 보재?'

싫다. 상상만 해도 끔찍할 정도로 싫다.

그래서 생각도 하지 않고 반사적으로 대꾸했다.

"싫어."

"그래. 그러니까 어서…… 응?"

백운설이 눈을 동그랗게 떴다. 모용기가 시큰둥한 얼굴로 다시 말했다.

"싫다고. 안 가. 내가 너희 사부를 왜 봐? 싫어."

소무결과 운현이 전과는 다른 의미로 격렬하게 반응했다.

"얌마. 너 미쳤어? 얘네 사부님이 누군지 몰라서 그래?"

"그래. 조화심 대협이라고. 조화심 대협. 너 조화심 대협 몰라?"

운현의 말에 모용기가 멈칫했다.

'맞다. 그 영감 성격 더러운 거만큼 무공도 센데……'

충허와는 비교조차 되지 않을 테지만, 홍소천이나 진산 정도는 된다. 아직은 좀 버거울 것 같았다.

'아니지. 다른 곳도 아니고 화산이잖아. 화산의 검은 빠삭한데……'

지겨울 정도로 화산의 검을 경험했다. 회귀 전 백운설에게 검을 가르친 이가 바로 모용기 자신이었기 때문이다.

덕분에 백운설은 화산을 대표하는 매화검수가 됐었다.

'죽지는 않겠네.'

계산이 섰다. 모용기가 대차게 질렀다.

"조화심이 뭐? 나보고 어쩌라고? 볼일 있으면 직접 오라고 해."

백운설이 얼굴을 일그러트렸다. 운현과 소무결의 얼굴이 하얗게 탈색됐다.

"이게 뭘 잘못 먹었나? 너 진짜 죽고 싶어서 그래?"

"이 자식 미친 거 아냐? 너 제정신이야?"

"그러니까 싫다고 하잖아. 싫다는 사람한테 왜 자꾸 그래? 그렇게 걱정되면 니들이…… 응?"

모용기가 시선을 돌렸다. 소무결이 모용기의 시선을 따라갔다.

"왜 또? 이번엔 누군데?"

"연아."

백운설의 얼굴이 조금 굳어졌다. 뒤이어 모용기의 연공실로 들어서던 제갈연이 어수선한 분위기에 고개를 갸웃거렸다.

　　"무슨 일 있나요? 어? 백 소저."

　　제갈연이 백운설을 알아봤다.

　　백운설이 인사라도 하려는 찰나, 모용기가 먼저였다.

　　"넌 어디 갔다 와?"

　　"숙부님이 보자고 하셔서요."

　　"너희 숙부님? 제갈 군사님 말이야?"

　　누군 너희 사부고, 누군 너희 숙부님이다.

　　백운설의 얼굴이 조금 더 굳어졌으나, 모용기는 알아보지 못했다.

　　"제갈 군사님이 왜?"

　　"아, 그게…… 숙부님이 좀 보자고 전하라 하시던데요."

　　"누구를? 나를?"

　　"예."

　　모용기가 얼굴을 찡그렸다.

　　"오늘 무슨 날인가? 왜 이렇게 찾는 사람이 많아?"

　　당화기에, 조화심에, 제갈곡까지. 슬슬 짜증이 나려고 했다.

　　그러나 선선히 고개를 끄덕이는 것을 잊지 않았다.

　　"알았다고 전해 드려."

제갈연의 얼굴에 화색이 돌았다.

"예. 그럼 그렇게……."

"야! 모용기, 너!"

백운설이 눈물을 글썽이며 모용기를 노려봤다. 모용기가 얼굴을 찌푸렸다.

"아 왜 소리를 지르……."

"됐어! 나 이제 너 안 봐!"

그리고는 그대로 연공실을 뛰쳐나갔다.

"운설아!"

천영영이 백운설을 뒤쫓았고, 모용기는 얼굴을 찌푸린 채 쳐다보기만 했다.

제갈연이 눈치를 보며 말했다.

"제가 뭘 잘못했나요?"

모용기가 고개를 저었다.

"그런 거 아냐."

"그게 아닌 것 같은데……."

"아니라니까. 신경 꺼."

한쪽 구석에서 멀뚱멀뚱 쳐다보던 당소문이 한숨을 쉬었다.

'여긴 참 시끄럽구나.'

그때 명진이 자리에서 일어섰다.

"이제 다 끝났나?"

모용기가 명진을 돌아봤다.

"넌 또 왜? 누가 또 나 보재?"

명진이 얼굴을 찌푸렸다.

"그런 거 아니다."

"그럼?"

"신법수련 문제다. 이거 계속해야 하나?"

모용기가 고개를 갸웃거렸다.

"아, 맞다. 너희들 연공실에 몇 마리씩 들어갔더라?"

"열여섯 마리."

"호오……."

모용기가 제갈연을 쳐다봤다.

"넌 몇 마리야?"

"열여섯 마리요."

"너도?"

"예."

모용기는 명진과 소무결, 제갈연을 살폈다. 그런데 깨끗했다. 단 하나의 상처도 없다.

좁은 공간에서 움직이는 법을 제법 배운 게다.

'다른 건 당장은 무리고…….'

모용기가 수염도 나지 않은 턱을 쓰다듬었다.

소무결이 조마조마한 얼굴로 질문했다.

"설마…… 더 집어넣을 건 아니지?"

워낙 좁은 공간이다. 더 집어넣으면 피할 공간도 없다. 이 이상 집어넣는 건 수련이 아니라 고문이었다.

"왜 더 하고 싶어?"

"미쳤냐? 더는 피할 공간도 없다고."

소무결이 격하게 고개를 저었다. 모용기가 픽 하고 웃었다.

"됐어. 더 안 해도 돼."

"진짜?"

소무결의 얼굴에 화색이 돌았다. 그러나 이내 광기가 번뜩이는 눈으로 이를 갈았다.

"이 똥개 새끼들. 그동안 내 피 쪽쪽 빨아먹었겠다?"

"이게 뭐 잘못 먹었나? 갑자기 왜 이래?"

소무결 대신 운현이 대꾸했다.

"뭐긴 뭐야? 거지가 개 잡을 생각에 신난 거지."

모용기가 어이가 없다는 얼굴을 했다. 소무결은 히죽거리기 바빴다.

"니들도 같이 먹을래? 이게 또 은근 맛있다니까."

"안 먹어, 자식아. 그리고 잡지도 마."

소무결이 불만 어린 얼굴을 했다.

"왜? 어차피 쓸모도 없는 똥개들 아냐?"

"똥개 아니라고. 경비견이라고. 빌려 온 거라고."

"에이. 그걸 다 어떻게 기억해? 한 마리쯤 없어져도 모를걸?"

"시끄러. 어쨌든 잡지 마. 얘들도 써야 할 거 아냐."

모용기가 턱짓으로 운현과 당소문 두 사람을 가리키자, 운현이 기겁을 했다.

"나도 한다고?"

"그럼 안 하려고 했어?"

소무결이 반색을 했다.

"그럼. 해야지. 당연히 해야지."

소무결이 말끝마다 고개를 끄덕였다.

운현이 급하게 소무결의 팔을 낚아챘다.

"하지 마. 안 해도 된다고. 일단 한 마리 잡자. 나도 개고기 한번 먹어 보고 싶어서 그래."

"안 잡아. 안 먹어. 고 예쁜 것들을 왜 잡아?"

운현이 울상을 지었으나 영문을 모르는 당소문은 멀뚱멀뚱 쳐다보기만 했다.

그때 명진이 다시 말했다.

"하나 더 있다."

"또 뭐?"

"검법 문제다. 요즘 진도가 더디다."

이건 모용기도 잘 아는 문제였다.

매일같이 비무를 하다 보니 모를 수가 없었다.

아직 여력이 남은 운현이나 천영영과는 달리 명진과 소무결, 제갈연은 성장 속도가 눈에 띄게 느려졌다.

"맞아. 삼십 초까지는 그럭저럭 받아 내겠는데 그 이상은 진짜 안 되더라고."

소무결도 동의한다는 듯이 고개를 끄덕였다.

원래 처음이 어렵고 그 다음은 쉽다고 한다.

그런데 이게 무공을 대입하면 반은 맞고 반은 틀리다.

처음이 어려운 건 같지만 그 다음은 더 어렵기 때문이었다.

모용기가 머리를 굴렸다.

"흐음……."

이 문제를 해결하자면 스스로 깨우쳐야 했다.

아니면 누군가 강제로 깨우치게 해야 했다.

"방법이 없는 건 아닌데……."

명진이 눈을 반짝였다.

"방법이 있나?"

소무결도 호기심을 보였다.

"진짜? 그게 돼?"

아닌 척하면서도 무공에 많은 노력을 쏟는 것이 소무결이었다. 자신의 상태를 모를 수가 없었다.

답답한 마음에 홍소천에게 물어본 적이 있었는데, 시간이 해결해 줄 거라 말에 실망을 금치 못했던 소무결이었다.

그런데 방법이 있다 하니 관심이 갈 수밖에.

모용기가 히죽 웃었다.

"당연하지. 니들 한번 해 볼래?"

명진이 생각도 않고 고개를 끄덕였다.

"하겠다."

그런데 소무결은 불안했다.

모용기에게 신법을 배우겠다 했을 때 보였던 그것과 같은 미소였다.

저도 모르게 불안한 눈으로 두리번거리다가 멀뚱멀뚱 쳐다보고 있던 제갈연을 확인했다.

"그거 연아도 하는 거지?"

"응?"

모용기가 흠칫했다. 소무결이 눈을 가늘게 떴다.

"그거 연아도 하는 거 맞지?"

모용기가 우물쭈물하며 쉽사리 대꾸하지 못했다.

'이거 냄새가 난다.'

소무결이 더 가늘게 눈매를 좁혔다.

그런데 모용기는 안 될 것 같았다. 그래서 먹잇감을 바꿨다.

"연아 너도 할 거지? 그렇지?"

"어? 저요?"

제갈연이 눈을 동그랗게 뜨며 고민하는 듯 보였으나 이내 고개를 저었다.

"전 아직 마음의 준비가……."

모용기가 냉큼 주워 먹었다.

"맞아. 얜 안 돼. 얜 일단 마음부터 추스러야……."

"추스르긴 개뿔. 연아 너 순무대전 안 나갈 거야? 그냥 포기할 거야?"

"어? 그건……."

제갈연의 얼굴에 혼란스럽다는 감정이 드리워졌다.

싸우기 싫다는 감정이 앞서서 중요한 것을 놓쳤다.

싸우기 싫다는 감정과 배우고 싶다는 마음이 충돌했다.

소무결이 기회를 놓치지 않았다.

"일단 하자. 누구 때리라는 것도 아니잖아. 이 자식 하는 꼴을 보면 우리가 두들겨 맞으면 맞았지 누굴 패지는 못할 걸?"

"이게 뭔 헛소리를 하고 있어? 얜 아직 더 추슬러야 한다니까."

모용기가 소무결을 막아섰다. 그런데 제갈연은 슬며시 마음이 동했다.

그날 일을 생각하면 여전히 무섭다.

뼛조각이 툭툭 튀어나온 언주혜의 주먹이 떠오를 때면 소름이 끼쳤다. 그런데도 욕심을 감출 수가 없었다.

순무대전은 그만큼 큰 유혹이었다.

게다가 모용기의 수련은 피를 보지 않는다는 것도 한 이유였다.

"그…… 그럼 저도……."

모용기가 필사적으로 제갈연의 말을 잘랐다.

"저도는 무슨 저도야? 넌 더 추슬러야 한다니까."

"자기가 괜찮다는데 네가 왜 말려? 혹시 또 이상한 거 아니야?"

소무결이 샐쭉한 눈으로 모용기를 노려봤다. 모용기가 뜨끔해서 얼른 손을 저었다.

"아니, 그런 건 아니고……."

"근데 왜 말려? 진짜 이상한 거 아냐? 아니면 연아도 같이 해도 되잖아?"

모용기는 제갈연을 쳐다봤다.

제갈연은 순진한 얼굴로 아무것도 몰라요 하는 표정이다.

모용기는 난감한 얼굴로 제갈연을 쳐다보다가 결국 눈을 질끈 감고 말았다.

"그래. 해라, 해. 하면 될 거 아냐."

"이건 괜히 짜증이야."

소무결이 모용기에게 눈을 흘기고는 제갈연을 쳐다보며 환하게 웃었다.

"너도 해도 된대."

모용기는 아무도 모르게 이를 빠득 갈았다.

'소무결 이 새끼! 넌 내가 특별관리 해 주마.'

❖ ❖ ❖

모용기가 저답지 않게 공손하게 양손을 모았다.

"모용기입니다."

"제갈곡일세. 거기 앉게."

"감사합니다."

모용기는 몸가짐 하나하나에 조심했다. 다른 이도 아니고 제갈연의 숙부다. 밉보여서 좋을 것이 없었다.

'잘 보여야지. 가뜩이나 빡빡한 집안인데……'

사실 빡빡하다는 말은 어울리지 않는다.

실상을 조금만 알고 보면 정이 뚝 떨어지는 집안이었다.

제갈연이 속한 곳이기에 많이 순화한 게다.

'그러고 보면 연아나 이 양반이나 참 특이하단 말이야. 그런 사람들 속에서 부대끼면서도 온기를 가지고 있으니까.'

하나같이 냉기를 풀풀 흘리는 게 제갈가의 사람들이다.

타고난 성정인지 그렇게 교육받은 것인지는 알지 못하는 모용기였지만, 그가 확신하는 한 가지는 필요하면 핏줄마저 잘라 낼 정도로 차갑다는 것이다.

'이 양반도, 연아도 그렇게 잘려 나갔었지.'

계산이 빠른 제갈세가는 황제에게로 돌아섰었다.

그 탓에 강호와 관 양쪽에서 노리다 보니 드넓은 천하

어디에도 발붙일 곳이 없었던 두 사람이었다.

처절한 도주를 여러 번 감행한 끝에 제갈곡은 죽고 제갈연만 겨우 참룡대에 합류한 게다.

'그때 연아 얼굴이 참 볼만했는데……'

다른 감정은 일체 존재하지 않고 오로지 독기만 그득했다.

무작정 황궁으로 밀고 들어가려는 것을 말리느라 철무한이 진땀을 뺐을 정도였다.

'그래도 연아가 큰일을 하긴 했지.'

제갈연이 합류하기 전의 참룡대는 무작정 치고 빠지기에 바빴다. 의미 없는 싸움의 반복이었다. 황궁 근처에도 가지 못했다.

그런데 제갈연의 합류 이후의 참룡대는 목적성을 가지고 움직이기 시작했다.

모든 싸움은 철저히 황궁을 목적으로 했다. 그리고 기어이 황궁에 침투하는 것에 성공했다.

모든 것이 제갈연의 머리에서 나온 것이다.

'지금 보면 어떻게 그런 짓을 했나 궁금하단 말이지.'

지금의 제갈연과 그때의 제갈연은 완전히 다른 사람이다.

지금의 제갈연처럼 어설픈 모습은 그때의 그녀에게선 상상도 할 수 없었다.

바늘로 찔러도 피 한 방울 안 나올 것처럼 항상 차가움을 유지하던 것이 그 당시의 제갈연이었다.

'그럴 수밖에 없긴 했지.'

모용기도 그랬고, 명진도 그랬다.

철무한을 제외한 참룡대 모두가 그랬다.

그 상황에서 제정신을 유지하던 철무한이 이상한 놈이었다.

'이번엔 안 변했으면 좋겠는데…….'

그때의 제갈연도 싫지만도 않으나, 지금의 제갈연이 더 좋았다.

또 그녀가 마음고생을 하며 하루하루 변해 가는 것을 두고 보고 싶지 않았다. 지켜 주고 싶었다.

'그러자면 이 양반을 지켜야 하는데…….'

제갈곡을 지키려면 제갈세가가 돌아서는 것을 막아야 했다.

그런데 어렵다. 어느 각도로 보나 제갈세가가 황제에게로 돌아서지 않을 이유가 없었다.

"무슨 생각을 그리 하나?"

미간을 찌푸리며 생각을 이어가던 모용기는 제갈곡의 목소리에 상념에서 깨어났다.

"아…… 죄송합니다. 제가 잡생각이 많아서……."

모용기가 냉큼 고개를 숙였.

제갈곡에게만큼은 깍듯이 예의를 지키는 모용기였다.

"자네는 듣던 것과는 많이 다르군."

"안하무인이라고 하던가요?"

"허허. 맞네. 지금 자네를 보니 왜 그런 소문이 돈 건지 이해가 가지 않는구만."

모용기가 고개를 저었다.

"그 소문이 맞습니다."

"응? 뭐가? 안하무인이란 말 말인가?"

"그렇습니다. 그리고 지금의 저 역시 제가 맞습니다."

제갈곡의 입꼬리가 슬며시 올라갔다.

"상대를 가린다는 말인가?"

"그렇습니다."

"기준은?"

"딱히 기준이랄 것은 없습니다."

"그럼 내게 예의를 갖추는 이유는 무엇인가?"

"연아의 숙부님이시니까요."

"응?"

예상치 못한 답변에 제갈곡이 눈을 동그랗게 떴다.

모용기가 히죽 웃었다.

"연아의 숙부님이시니, 제가 예의를 갖춰야죠."

"허허. 그런……."

입은 웃고 있지만 눈은 탐색하기에 바빴다.

그러나 헛짓이라는 것을 모용기가 누구보다도 잘 알았다.

앞으로 자주 엮일 텐데 조금은 호기심을 풀어 주는 것도 나쁘지 않았다.

"그러지 마시고 궁금하신 게 있으시면 물어보시죠."

모용기가 툭 던진 말에 제갈곡이 흠칫했다.

그러나 이내 신색을 회복하고는 입을 열었다.

"그래도 되겠는가?"

"물론입니다. 다만 제가 답할 수 있는 질문에만 대답하겠습니다."

"그건 또 무슨 말인가?"

"적어도 거짓말은 하지 않겠다는 말입니다."

모용기의 진심이 조금은 느껴졌다. 제갈곡의 얼굴이 딱 그만큼 풀렸다.

"자네가 내게 많이 양보해 주는군. 이것도 연아 때문인가?"

모용기가 오히려 반문했다.

"숙부님께서 보시기에 다른 이유가 있어 보이십니까?"

제갈곡이 고개를 저었다.

"정말인가 보군."

"그렇습니다."

"그럼 내 물어보겠네. 대체 그 약속이란 것이 무엇인가?"

제갈곡은 제갈연에게서 들을 그 약속이란 것을 찾아보기 위해 바쁜 와중에도 백방으로 수소문했다. 그러나 무엇 하나 잡히는 것이 없었다. 궁금해도 너무 궁금했다.

"말할 수 없습니다."

"왜? 무슨 이유로?"

"그러니까 말할 수 없습니다."

제갈곡은 얼굴을 찡그렸다. 그러나 다시 질문했다.

"그럼 다른 질문을 하겠네. 자네는 연아를 어떻게 생각하나?"

모용기가 손가락으로 뺨을 긁적였다.

"아…… 그게……."

"왜? 이번에도 답을 할 수 없는 질문인가?"

"아니, 그건 아니고요."

"그럼?"

모용기는 잠시 생각을 정리한 후 솔직하게 말했다.

"사실 연아에 대한 감정은 저도 잘 모르겠습니다."

제갈연을 보면 마음이 편하다. 괜히 장난치고 싶었고, 놀리고 싶었다.

그녀가 웃는 것도 좋았고, 얼굴을 찡그리는 것도 좋았다.

그러나 그뿐이다. 백운설을 대했을 때처럼 심장이 두근거린다거나 숨이 가빠진다거나 하지 않았다.

이게 어떤 감정인지 알 수가 없었다. 그래도 한 가지는 확실하다.

"하지만 한 가지는 확실합니다."

"그게 뭔가?"

"절대로 연아 옆에서 떨어지지 않을 겁니다."

"흐음……."

아무래도 그 약속과 관련된 일이 확실했다. 하지만 그 내
용을 모르니 답답하기만 했다.

제갈곡은 한동안 깔끔하게 정리된 턱수염을 쓰다듬으며
생각을 가다듬었다.

가능성이 없는 일에 매달리는 것은 미련한 짓. 그래서 다
른 질문을 했다.

"연아가 자넬 밀어내려 한다면?"

"안 떨어집니다."

"서로에게 고통이 될 수도 있네."

"그럴 일은 없습니다."

"그걸 어떻게 그렇게 확신하나?"

"그럴 리가 없으니까요."

제갈곡이 얼굴을 찌푸렸다.

"그러니까 그걸 어떻게 확신하느냐 이 말일세. 우리 연아
가 자네를 싫어할 수도 있지 않겠는가?"

"에이. 무슨 말도 안 되는 말씀을…… 그럴 리가 없다니
까요."

"허…… 그 녀석 참."

제갈곡은 혀를 차면서도 모용기의 두 눈을 들여다보는 것을 잊지 않았다.

눈웃음을 짓고 있는 새까만 눈동자에 한 치의 흔들림도 없었다. 확신이 담겼다.

제갈곡은 의문으로 가득했지만 물어봐야 대답해 줄 것 같지 않았다.

상대적으로 덜 중요한 일이라 일단은 미뤄 두기로 했다.

"그 얘기는 다음에 하세. 나중에 마음이 바뀔 수도 있는 일이니……."

"그런 일은 없다니까요."

제갈곡이 고개를 젓고는 마지막 용건을 꺼냈다.

"그럼 마지막으로 한 가지만 더 질문하겠네."

"하십시오."

"우리 연아 말일세. 자질이 어떤가?"

"예?"

"우리 연아의 자질 말일세. 무공에 대한 자질이 어떤가?"

"연아의 자질이요? 음…… 그게……."

제갈곡의 의도가 선뜻 짐작이 가지 않는 모용기였다.

기준을 어디에 두느냐에 따라 답이 달라지기 때문이다.

다행히 그 점을 미리 눈치 챈 듯 제갈곡이 말을 이었다.

"개방의 홍 방주님과 얘기를 나눈 적이 있네. 우리 연아 자질이 명진에게도 밀리지 않는다고 하시더군."

"예?"

모용기가 눈을 동그랗게 떴다.

"아니 무슨 그런 개소리를……."

"으응?"

이번엔 제갈곡이 당황했다. 그러나 노련하게 신색을 회복한 그가 덤덤한 얼굴로 말했다.

"홍 방주님이 그러시더군. 우리 연아가 어릴 적부터 싸우는 법을 배웠다면 지금의 명진도 쉽게 볼 수 없을 거라고."

모용기가 고개를 끄덕였다.

"그거야 그렇죠."

"그 말인즉슨 우리 연아의 자질이 명진과 비견되기에 충분하다는 말이 아니겠는가? 내 말이 틀렸는가?"

"아……."

모용기는 무엇이 잘못됐는지 비로소 알 수 있었다.

제갈연의 평판을 높여 주겠다고 입을 다물었던 것이 뻥쟁이 영감 덕분에 말도 안 되는 오해로 불어났던 것이다.

모용기가 한숨을 푹푹 내쉬며 말했다.

"저기 그게……."

"그래. 말해 보게."

"명진이 그놈이 참 난놈이거든요."

"응?"

"아니지. 그냥 난놈이 아니라 엄청 난놈이거든요."

"그…… 그런가?"

제갈곡이 떨떠름한 얼굴을 했다. 모용기는 아랑곳하지 않고 제 할 말만 했다.

"그래서 자질만 보면 적수가 없어요. 아…… 아니다. 한 놈 있긴 한데 적어도 정무맹에서는 적수가 없어요. 독보적이죠."

정각이나 남궁서천이 명진과 비교되곤 했지만, 모용기가 직접 확인한 바로는 개소리에 가까웠다.

정각이 명진에게 이긴 적이 있다고 하는데, 그날은 명진이 뭘 잘못 먹었거나 아니면 뒤로 넘어져도 코가 깨질 정도로 정말 재수가 없는 날이었을 게다.

애초에 비교할 수 있는 재능이 아니었다.

"허…… 백 년에 한 번 나올까 말까 한 재능이라고 하더니…… 그 아이가 그 정도였나?"

감탄하던 제갈곡은 곧 의아하다는 얼굴을 했다.

"그러면 자네는?"

"예? 저요?"

"그래, 자네. 자네가 명진보다 더 강하다고 알고 있는데……."

"그건 그렇죠."

"응? 명진의 자질은 적수가 없다고 하지 않았나?"

"그것도 그렇구요."

"자네가 생각하기에도 이상하지 않나?"

자질이 떨어져도 고된 수련을 통해 자질이 뛰어난 이를 앞지르는 경우가 없는 것은 아니다.

그러나 그것은 어디까지나 시간이 꽤 지난 뒤다.

어렸을 때는 자질이 모든 것을 결정한다고 봐도 과언이 아니다.

모용기가 입을 다물었다.

"이번에도 비밀인가?"

모용기는 어색하게 웃기만 했다.

제갈곡이 고개를 절레절레 저었다.

"자넨 참 비밀이 많군."

"그게……."

"됐네. 내 더 물어보지 않겠네."

"그럼?"

제갈곡이 고개를 끄덕였다.

"그래. 궁금한 것은 다 물어봤네. 의문이 풀린 건 아니지만…… 그보다 자네는 내게 할 말 없나?"

모용기가 기다렸다는 듯이 손가락 두 개를 내밀었다.

"두 가지를 부탁드리고 싶습니다."

"뭔가?"

첫 번째는 어려운 부탁이다. 모용기가 입술에 침을 발랐다.

"어…… 그게 우리 집이……."

제갈곡은 더 들어 보지도 않고 고개를 저었다.

"이미 개방의 홍 방주님과 얘기를 나눴네. 곤륜과 아미도 함께한다 하니 자네는 걱정하지 않아도 되네."

"정말요?"

모용기가 반색을 했다.

홍소천이 겉보기에는 허술해 보여도 일처리에는 빈틈이 없다.

확실히 개방주는 아무나 하는 것이 아니란 생각이 들었다.

이렇게 되면 일이 편해진다. 가장 큰 짐을 덜어낸 게다.

"그래. 그러니 걱정 말게. 다음은 뭔가?"

"다음은 별건 아니고요."

"뭔가? 말해 보게."

"기회가 되면 저희 좀 내보내 달라고요."

제갈곡이 가늘게 눈을 좁히며 모용기와 시선을 맞췄다.

"외박을 나가게 해 달란 말은 아닐 테고…… 굳이 지금 나가야 할 이유가 있나? 어차피 결시가 끝나면 나가게 될 텐데……."

"연아 때문에요."

"응? 우리 연아?"

모용기가 고개를 끄덕였다.

"아무래도 경험이 좀 필요한 것 같아서요. 기왕 해야 할 일이면 빨리 하는 게 좋죠."

제갈곡은 중간시에서 제갈연의 상태를 확인했다.

그래서 모용기의 말을 쉽게 이해할 수 있었다.

"자네는 정말 우리 연아를 특별하게 생각하는가 보군."

모용기가 히죽 웃었다.

"그렇다니까요."

제갈곡이 고개를 끄덕였다.

"알겠네. 당장 내보내 줄까?"

"아뇨, 아뇨. 지금은 무리고요."

모용기는 머리를 긁적이며 잠시 고민하더니 곧 입을 열었다.

"한 달 반? 두 달? 그 정도면 될 거 같아요."

"알겠네. 내 방법을 찾아보지."

볼일이 끝났다. 모용기는 처음 제갈곡을 대면했을 때처럼 공손히 양손을 모았다.

"그럼 전 이만 물러가겠습니다."

"그러게."

제갈곡온 조심스럽게 방을 나서는 모용기의 뒷모습을 뚫어져라 쳐다보다 문득 떠오르는 것이 있었다.

"잠시만 멈춰 보게."

모용기가 고개를 돌렸다.

"무슨⋯⋯?"

"다른 게 아니라 자네가 아까 말한 것 말일세. 그 한 놈
더 있다던 말. 말해 보게. 그게 누군가? 명진과 비슷한 자질
을 가졌다는 사람 말이야."

"아⋯⋯ 그거요?"

"그래, 그거."

모용기가 히죽 웃었다.

"비밀입니다."

아무리 모용기라도 정무맹 군사 앞에서는 도저히 철무한
이라고 말할 자신이 없었다.

조화심이 차가운 눈으로 백운설을 쏘아봤다.

"안 온다고?"

"그게 아니고요. 나중에 오겠다고⋯⋯."

"결국 안 온단 말이군."

조화심은 더 이상 백운설의 말을 듣지 않았다.

이미 결론을 내렸다. 새까만 눈동자가 살기를 품고 번들
거렸다.

백운설이 안절부절못했다.

'안 되는데.'

모용기가 밉다. 그렇다고 그가 다치는 것을 원하지는 않는다.

게다가 자신의 사부다. 조화심의 눈 밖에 나면 단순히 다치는 걸로 끝나지 않을 터였다.

백운설이 급하게 입을 열었다.

"아니 그게……."

그러나 조화심은 들은 척도 하지 않고 자리에서 벌떡 일어섰다.

'어떡해…….'

백운설이 울상을 했다. 양손으로 입을 틀어막았다. 그러나 차마 조화심의 앞을 막아설 용기는 없었다.

지켜보고만 있던 공손도가 한숨을 쉬었다. 그러나 그보다 빠르게 조화심의 앞을 막아섰다.

"사형."

조화심이 공손도를 노려봤다.

"비켜라."

그럴 생각이면 애초에 막아서지도 않았을 게다.

"사형."

그러나 물러설 생각이 없는 것은 조화심도 마찬가지다.

"비키라고 했다."

조화심의 두 눈이 점점 더 투명해졌다.

주체할 수 없을 정도로 화가 났다는 의미였다.

여기서 더 건들면 터진다. 그래도 물러설 수는 없었다.

공손도가 입술을 질끈 깨물며 비장의 무기를 꺼냈다.

"득보다 실이 많습니다. 사문에 누가 됩니다."

조화심이 움찔하며 사나운 기세가 조금은 수그러들었다.

그것이 기회라 여긴 공손도가 빠르게 말을 덧붙였다.

"홍소천이라면 말리지 않았을 겁니다. 진산이라도 말리지 않았을 겁니다. 하다못해 정무맹의 장로들이라도 말리지 않았을 겁니다. 하지만 상대는 용봉관생입니다. 사형께서 그를 상대해서 무엇을 얻으려 하십니까? 수십 년 동안 쌓아 온 명성을 한순간에 내다 버리려 하십니까? 사람들이 화산을 어떻게 생각하겠습니까?"

말을 쏟아 낸 공손도는 조화심과 눈을 맞추며 침을 꿀꺽 삼켰다.

그러나 오래지 않아 투명하던 조화심의 눈동자가 검은색으로 회귀하기 시작했다.

조화심이 고개를 끄덕였다.

"알겠다."

공손도가 겨우 안도의 한숨을 내쉴 수 있었다. 잠깐 숨을 돌린 공손도는 다른 문제가 생각났다. 이것도 급히 처리해야 할 일이었다.

"사형."

"말하라."

251

"이제 화산으로는 돌아가시는 겁니까?"

갑갑해서 못 살겠다. 조화심의 눈치를 보느라 숨조차 제대로 쉴 수 없었다.

이러다 모용기가 조화심에게 맞아 죽는 것보다 자신이 먼저 숨 막혀서 죽게 생겼다. 일단 조화심을 멀리 보내야 했다.

그러나 조화심은 그런 공손도의 기대에 부응하지 못했다.

"당분간 이곳에 머물 것이다."

공손도가 눈을 동그랗게 떴다.

"아니, 왜입니까? 사형은 화산에서 할 일이 많으시지 않습니까?"

백운설도 급했다. 저도 모르게 자리에서 벌떡 일어섰다.

"맞아요, 사부님. 본파에서 사부님을 찾으실 거예요."

조화심이 백운설을 쳐다봤다. 백운설이 움찔하더니 급하게 시선을 내리깔았다.

'망했다.'

급한 마음에 자신도 모르게 말도 안 되는 짓을 벌였다. 곧 불호령이 날아올 게다.

백운설이 입술을 질끈 깨물었다.

하나 예상과는 다르게 조화심은 덤덤한 목소리로 말했다.

"운설이는 내일부터 묘시 초에 내 거처로 오거라."

"예?"

무슨 의미인지 이해가 안 됐는지, 슬며시 고개를 든 백운설의 표정에 의아함이 깃들었다.

공손도 역시 궁금했는지 부연해서 질문했다.

"사형, 무슨 의미이십니까?"

조화심은 여전히 백운설에게 시선을 둔 채 대꾸했다.

"무공이 그대로더구나. 내일부터 내 거처로 오거라. 내 직접 봐주겠다."

그 말을 끝으로 조화심이 등을 돌렸다.

백운설이 울상을 했다.

"어? 저……."

그러나 공손도가 백운설의 옷깃을 잡아당기며 그녀를 제지했다.

조화심이 완전히 모습을 감춘 후에 백운설이 공손도를 쳐다보며 울먹거렸다.

"사숙, 저 어떻게 해요? 사부님이 수련하재요."

그러나 발등에 불이 떨어진 건 공손도 역시 마찬가지였다.

"시끄럽다, 이 녀석아. 이게 다 네 녀석 때문이 아니더냐?"

공손도가 눈을 흘겼다.

"그러게 진작 열심히 하라고 하지 않았더냐? 수련하자면 매일 뺀질거리기만 하더니. 이게 무슨 날벼락이란 말이냐?"

"지금 그게 문제가 아니잖아요. 저 진짜 어떻게 해요?"

이제는 아예 통곡이라도 할 기세의 백운설이었다.

공손도가 한숨을 쉬었다. 그러나 섣불리 위로의 말을 하기도 뭐했다.

조화심의 가르침은 백운설이 제일 잘 알기 때문이다. 그래서 공손도는 이렇게 말할 수밖에 없었다.

"너무 그렇게 걱정하지 마라. 이미 화산에서 경험했지 않느냐? 안 죽는다."

확실히 죽이지는 않는다. 그런데 죽이지만 않는다.

조화심에게 배운다는 것은 고되다는 말로 부족할 정도로 한계까지 몰아붙였다. 가르침 자체가 살벌했다.

용봉관에 오면서 간신히 벗어나나 했더니 또 시작이었다. 끔찍했다.

"그보다, 모용기라고 했던가? 운설이 네 친구 말이다."

공손도의 뜬금없는 말에 백운설이 시선을 돌렸다.

"응? 기아가 왜요?"

"앞으로 조심하라 이르거라. 가급적이면 사형의 눈에 띄지 않는 게 좋을 게다. 간신히 넘어가긴 했다만, 사형 성격에 그 아이가 눈에 보이면 분명 참지 못할 테니까."

조화심의 성격은 백운설도 잘 안다. 그래서 공손도의 말에 선선히 동의했다.

"그럴게요."

그러나 조금 억울하기도 했다.

'걔는 내가 지 때문에 이 고생을 하는 걸 알기나 할까?'

백운설은 한숨이 나왔다.

"이럴 줄 알았으면 그때 기아한테 배운다고 하는 건데……."

괜히 자존심 세웠다가 화를 불렀다. 그러나 백운설은 몰랐다. 모용기는 조화심보다 더하면 더했지 덜하지 않다는 것을.

다음 날 소무결은 수신각이 떠나가라 비명을 질렀다.

"모용기 이 씹어 먹을 새끼야! 왜 나만 말벌이냐고!"

당소문은 퉁퉁 부어오른 양팔을 쳐다봤다.

오전 내내 무기도 없이 모용기의 검을 받아 낸 결과였다.

신기한 것은 이렇게 부어올랐는데 안 부러졌다는 것이었다. 딱 안 부러질 만큼만 때린 게다. 때리는 게 예술의 경지에 올랐다.

그런데 팔만이 아니다. 온몸이 욱신거렸고 얼굴은 울긋불긋했다. 그런데도 당소문은 마음대로 끙끙거리지도 못했다.

당소문은 멍청한 얼굴로 시선을 돌렸다.

"아이고. 우리 연아 어떡하냐? 그러니까 하지 말라니까, 왜 고집을 부려서는⋯⋯."

모용기가 호들갑을 떨었다. 온몸이 퉁퉁 부어오른 제갈연이 눈물이 가득 찬 눈으로 모용기를 쏘아봤다.

"이게 누구 때문인데요! 아! 아얏! 만지지 말라고! 아프다고!"

보고도 믿을 수가 없었다.

그 조신하던 제갈연이다. 목소리를 높이기는커녕 얼굴을 찌푸리는 것조차 본 적이 없었다.

그런 제갈연이 꺅꺅거리며 비명을 질러 댔다.

"아 진짜! 어딜 만져요? 모용기 너 죽을래?"

"아니 벌침은 빼야⋯⋯."

"됐다니까! 너 저리 가! 저리 가라고!"

이제는 아예 바락바락 악을 썼다.

개 이빨 자국으로 온몸에 치덕치덕 고약을 바른 천영영이 한숨을 쉬며 자리에서 일어났다. 그리고는 모용기를 뻥 걷어찼다.

"아얏! 야 인마! 이게 뭐 하는 거야?"

천영영은 들은 체도 하지 않고 조심스레 제갈연을 부축해서 일으켰다.

"네 연공실로 가자. 내가 봐줄게."

"고…… 고마워요."

제갈연이 천영영의 부축을 받으며 연공실을 빠져나갔다.

"아이고. 이걸 어째?"

모용기가 그 뒤를 졸졸 따라가며 안절부절못했다.

당소문이 조금 더 시선을 돌렸다.

"야, 살아 있냐?"

천영영과 비슷하게 온몸에 고약을 치덕치덕 바른 운현이 손가락으로 소무결을 콕콕 찔렀다. 소무결이 돼지 멱따는 소리를 냈다.

"으허헉! 하…… 하지 말라고! 아프다고!"

"아니, 난 살아 있나 해서……."

운현은 계속해서 소무결을 콕콕 찔렀다.

"으헉! 으허헉! 이 새끼가 진짜! 으헉! 너 그 손가락 안 접냐? 죽고 싶어?"

"아니 난 혹시 너 죽을까 봐."

운현의 마음을 당소문도 이해했다.

소무결은 제갈연보다 두 배는 더 퉁퉁 부어오른 것만 같았다.

소무결 혼자만 말벌에 쏘여서 그런 게다.

살아 있나 주기적으로 확인해 봐야 했다. 친구를 위한 것이다.

운현이 히죽거리는 것처럼 보이는 건 기분 탓이다. 분명 그럴 게다.

당소문이 고개를 갸웃거리며 한 번 더 시선을 돌렸다.

이번엔 명진이다. 그런데 명진은 제갈연, 소무결과는 사뭇 반응이 달랐다.

명진은 제갈연과 비슷하게 부었는데 용케도 가부좌를 틀고 앉았다.

'아프지도 않나? 아니 그 전에…… 이 상황에서 운기가 돼?'

몸이 아파도 살고 싶으면 필사적으로 내력을 돌리는 게 무인이다. 그러나 그것도 장소 나름이다. 조용한 곳이면 몰라도 시장통보다 더 시끄러운 곳에서 운기는 무리다. 주화입마 당첨이다.

당소문이 고개를 갸웃거리는데 명진이 벌떡 일어섰다.

소무결이 얼굴을 찌푸렸다.

"얌마! 넌 또 왜 그래?"

명진이 소무결을 힐끗 쳐다보며 말했다.

"한 번 더 간다."

운기가 아니라 명상이었다. 벌떼를 어떻게 때려잡을까 고민한 게다.

조금은 실마리가 잡힐 것인지 바로 실험해 보고 싶은 마음이 앞서는 듯했다.

소무결이 기겁을 했다.

"야 이 미친놈아! 가긴 어딜 가? 죽고 싶어서 작정했냐?"

운현도 침을 튀기며 명진을 막아섰다.

"그…… 그래. 이건 아냐. 이건 아니라고. 오늘은 일단 좀 쉬고."

"비켜라. 간다."

"가긴 어딜 간다고 그래 이 미친놈아!"

운현이 필사적으로 명진을 막아섰다.

평소라면 어림도 없겠지만, 지금은 벌에 쏘인 여파인지 몸놀림이 많이 둔해져 운현 혼자서도 충분했다.

당소문은 숫제 넋이 나갔다.

'이게 뭐야?'

아침에 운현과 소무결이 도망가라고 했을 때, 귀담아 들었어야 했다.

천영영과 운현의 내력을 틀어막고 개먹이로 던져 줬을 때 눈치 챘어야 했다.

제갈연과 소무결, 명진의 연공실에 벌집을 집어 던졌을 때 정신줄을 잡고 있었어야 했다.

'벌집은 건드리는 게 아니랬는데…… 아니 이게 아니라.'

당소문이 얼른 고개를 저었다.

'진작 튈걸.'

당소문은 후회가 됐다.

그때 소무결이 당소문의 옷자락을 툭툭 잡아당겼다.

당소문이 시선을 돌리며 이유를 물었다.

"왜?"

"너 해독제 같은 것 없냐?"

당소문이 냉큼 고개를 저었다.

"없어."

소무결이 얼굴을 찌푸렸다.

"너 당가잖아. 무슨 당가가 해독제도 없어?"

당소문이 어이가 없다는 얼굴을 했다.

"너 벌에 쏘여서 죽은 사람, 아니 무인이 있다는 말 들어
본 적 있냐?"

소무결이 눈알을 굴렸다. 그러나 곧 결론이 나왔다.

"아니."

당소문이 고개를 끄덕였다.

"그래서 없어."

"헐······."

소무결이 헛웃음을 흘렸다. 그러나 오래지 않아 다시 얼
굴을 구겼다.

"에이 씨. 쓸모없는 자식."

당소문이 황당하다는 얼굴을 했다.

자신이 욕을 먹어야 할 하등의 이유가 없었다.

그러거나 말거나 소무결은 제 할 말만 했다.

"야. 가서 밥이나 퍼 와. 배고프다."

이쯤 되니 화가 나려고 했다. 당소문의 목소리가 조금 높아졌다.

"아니 내가 왜……?"

"그럼 누가 가? 내가 갈까? 아니면 쟤들 시킬래? 연아나 영영이?"

당소문이 고개를 저었다.

죄다 안 된다. 그러나 한 사람 더 있다.

"모용기한테 하라고 해. 그 자식 때문에 이렇게 된 거 아냐?"

이번에는 소무결이 어이가 없다는 얼굴을 했다.

"그래? 그럼 네가 가서 말해 봐. 모르긴 몰라도 네 다리도 팔처럼 퉁퉁 부어오를걸? 그때 되면 그 자식이 퍼다 줄지도 모르겠다."

당소문이 자신의 양다리와 양팔을 번갈아 가며 쳐다봤다. 그러나 뭐가 이득인지는 어렵지 않게 알 수 있었다.

당소문은 울고 싶었다.

14 章.

참룡
회귀록

斬龍回歸錄

14章.

"또냐?"

천호를 쳐다보는 팔백호의 얼굴이 일그러졌다. 이제는 지겹다 못해 무서울 정도였다.

팔백호가 욕설을 내뱉었다.

"제기랄."

벌써 두 달째다. 그 기간 동안 천호는 하루도 빼먹지 않고 꼬박꼬박 팔백호를 찾았다.

죽기 직전까지 쥐어패도 소용이 없었다. 거동이 불편하면 바닥을 기어서라도 팔백호를 찾았다.

그게 하루 이틀이 아니다 보니 천호의 바닥이 보이지 않는 독기도 이제는 그러려니 할 정도였다.

팔백호는 한숨을 내쉬며 주먹을 말아 쥐었다.

"그만하자고 해도 소용도 없을 테고."

쾅!

팔백호가 다짜고짜 주먹을 내질렀다.

대성하게 되면 일권을 내지를 때마다 뇌성이 울린다는 천뢰권이었다.

아직 팔백호가 그 정도 수준에 이르지는 못했지만 제법 고련을 한 흔적이 보였다. 일권, 일권에 힘이 실렸다.

쾅! 쾅! 쾅!

순식간에 서너 개의 요혈을 노리는 팔백호의 주먹은 마치 송곳과도 같았다.

천호는 감히 경시하지 못하고 신중한 눈으로 팔백호의 주먹을 피해 냈다.

물론 팔백호의 주먹이 무서운 게 아니었다.

몇 대 맞는다고 죽을 일도 없었고, 몇 대 맞더라도 그 틈을 타 상대를 제압할 수 있다면 오히려 그게 더 이득이다.

문제는 팔백호에게 주먹을 허용할 때마다 침투하는 팔백호의 진기였다.

'저릿저릿하단 말이지.'

한두 방은 그러려니 하는데, 계속 허용하다 보면 거동이 불편해진다.

천뢰권이라 하더니 이름 그대로 뇌의 기운이라도 담은 게 아닌지 의심스러울 정도였다.

팡! 팡!

게다가 팔백호는 맷집도 강했다. 어지간히 때려도 꿈쩍도 하지 않는다.

난타전이라도 벌어지면 천호가 도저히 버틸 수가 없었다.

맷집은 천호나 팔백호나 비슷했으나, 팔백호의 저릿저릿한 진기가 침투하면 몸놀림이 느려지는 통에 시간이 지날수록 더 많은 주먹을 허용할 수밖에 없었다.

그래서 저렇게 겁도 없이 들이댈 수 있는 게다.

팡! 팡! 팡!

그러나 천호의 두 눈에는 일말의 불안감도 존재하지 않았다.

팔백호의 천뢰권에 관해서는 이미 지난 두 달간 충분히 파악했다. 파훼법도 이미 찾아냈다.

다만 천뢰권에 대해 자세히 알아내려다 보니 시간이 더 걸린 게다.

팡! 팡!

그러나 그 짓도 이제는 지겹다. 다행히 오늘을 끝으로 팔백호에게는 더 이상 볼일이 없었다. 이제는 끝을 볼 시간이었다.

팡! 팡! 팡!

그렇다고 상대방의 공간에 무작정 들이대는 짓은 자살행위였다.

자신이 상대방의 공간으로 들어갈 게 아니라 상대방을 자신의 공간으로 끌어들여야 했다. 그래서 천호는 끈질기게 기다렸다.

팡! 팡!

아무리 복잡한 무공이라도 초식의 수는 한정돼 있었고, 비교적 초식의 수가 적은 천뢰권은 천호가 기다리는 순간이 더 빨리 찾아올 터였다.

팔백호의 두 주먹이 백학양시에서 수휘비파로 자연스럽게 넘어가려는 순간.

'지금!'

천호의 두 눈이 번쩍 빛을 뿜었다.

픽!

한순간 북 터지는 소리가 터져 나왔다. 제대로 들어갔다.

그러나 천호는 오히려 이를 악물었다.

'소리만 크다!'

급소가 아니면 제대로 들어갔다 해도 큰 타격이 아니었다. 팔백호의 맷집이 그것을 가능하게 했다.

천호의 기대에 부응하기라도 하듯 팔백호의 주먹이 바람을 찢으며 날아들었다.

그러나 천호의 눈빛은 전혀 움츠러들지 않았다.

오히려 기다렸다는 듯이 팔백호의 손목을 낚아챘다.

턱!

동시에 천호의 반대쪽 주먹이 기민하게 움직이며 팔백호의 턱을 노렸다.

"죽어."

턱은 급소다. 제대로만 들어가면 아무리 맷집이 좋아도 소용이 없다. 한순간 무너진다.

쩍!

뼈 때리는 소리가 소름 끼치게 터져 나왔다. 그러나 천호는 눈살을 찌푸렸다.

'젠장!'

비껴 나갔다. 천호의 주먹이 팔백호의 턱을 가격하려는 그 짧은 순간, 팔백호가 고개를 틀며 급소를 피해 낸 게다. 그리고 팔백호의 주먹이 당연하게 날아들었다.

피하기에는 늦었다. 물러서야 했다.

그러나 천호가 이를 악물었다.

'물러서면 안 돼!'

어렵게 잡은 기회다. 그를 언제 다시 자신의 공간으로 끌어들일 수 있을지 모를 일이었다.

아니, 다시는 기회를 장담할 수 없을지도 몰랐다.

퍽!

얼굴을 그대로 내줬다. 저릿한 느낌이 들더니 한순간 눈앞이 캄캄해졌다. 머리가 핑 돌았다.

'제기랄!'

그러나 망설일 틈은 없었다. 천호는 미리 계획했던 대로 혀끝을 질끈 깨물자 비릿한 맛이 나더니 한순간 머리가 맑아지며 눈앞이 환해졌다.

그때였다.

"헛!"

순간 천호가 급히 숨을 들이켜며 고개를 틀었다.

팔백호의 주먹이 천호의 뺨을 아슬아슬하게 스치며 지나갔다.

주먹에 권력이 담겼던 탓에 천호의 뺨이 핏 하고 찢어지더니 핏물이 튀었다.

그러나 천호는 오히려 웃어 보였다.

턱!

어느새 천호의 양손이 팔백호의 양팔을 붙잡고 있었다.

팔백호가 당황한 얼굴로 욕설을 내뱉었다.

"이 새끼! 이거 안 놔?"

"대가리에 똥만 찬 새끼! 순순히 놔줄 거면 내가 미쳤다고 이러고 있겠냐?"

천호가 그렇게 이죽거리더니 냅다 팔백호의 이마를 들이박아 버렸다.

빡!

"윽!"

팔백호가 뒷걸음질 치며 주춤거렸다. 그러나 그마저도 뜻을 이루지 못했다.

천호의 두 손이 팔백호의 양팔을 단단히 옭아매고 있었기 때문이다.

빡! 빡! 빡!

천호는 쉴 틈 없이 머리를 들이박았다.

대번에 튀어 오른 핏물이 팔백호의 시야를 순식간에 붉게 물들였다.

"이 새끼가."

전혀 기가 죽지 않는다. 팔백호 역시 독종이었다. 독종이 아니면 애초에 선발되지도 못했을 게다.

팔백호가 힘껏 머리를 휘둘렀다.

빡!

서로가 서로를 힘껏 들이박았다. 이전보다 더 큰 소리가 터져 나오더니 천호와 팔백호가 동시에 비틀거렸다.

"윽!"

"젠장!"

그 와중에도 천호는 팔백호의 양팔을 필사적으로 붙잡고 늘어졌다. 그게 자신의 목숨줄이라는 것을 누구보다 잘 알고 있기 때문이다.

빡! 빡!

누구 하나 물러서지 않는다.

누구의 머리가 더 단단한가의 싸움이 아니다.

누가 더 독한가의 싸움이었다.

물러서는 순간 죽는다는 것을 두 사람 모두 본능적으로 알 수 있었다.

빡! 빡! 빡!

연신 핏물이 사방으로 튀었고, 이마 가죽이 너덜너덜해졌다.

급기야 허연 두개골이 모습을 드러냈다.

그러고도 둘은 물러설 줄을 몰랐다.

빡! 빡! 빡!

그러나 모든 일에는 끝이 있는 법.

서로를 향해 끝없이 독기를 드러내던 두 독종의 팽팽한 균형 역시 마찬가지였다.

팽팽한 균형은 한쪽이 약한 모습을 보이는 순간 걷잡을 수 없이 무너져 내린다.

그리고 먼저 균형을 깬 것은 팔백호였다.

"으윽!"

더 이상 버텨 내지 못한 팔백호가 주춤거리더니 몸을 빼려 용을 썼다.

그러나 천호의 양손은 흡사 못이라도 박힌 듯 팔백호의 양팔에 단단히 고정되었다.

빡! 빡!

"아악! 악! 그, 그만!"

팔백호가 기어이 비명을 질렀다. 그러나 핏물로 새빨갛게 물든 천호의 두 눈동자는 오히려 독기를 더해 갔다.

빡! 빡! 빡!

"악! 아악!"

비명을 지르던 팔백호는 한순간 한쪽 무릎이 꺾이더니, 얼마 지나지 않아 반대쪽 무릎도 무너져 내렸다.

그제야 천호는 붙잡고 있던 팔백호의 양팔을 풀어 줬다.

끝이라고 생각해서가 아니다. 이것이 시작이었다.

천호가 팔백호의 머리통을 움켜쥐었다.

"아…… 아……."

팔백호의 두 눈에 공포라는 감정이 모습을 드러냈다.

전혀 이질적인 것이 아니었다. 이것은 천호가 전장에서 늘 보던 것이었다.

익숙한 것을 접하면 기분이 좋아진다.

천호가 히죽 웃으며 머리를 뒤로 젖혔다.

"그만!"

강한 힘이 천호의 뒷목을 낚아챘다.

이미 모든 힘을 소진한 후라 저항할 기운이 없었던 천호가 힘없이 날아갔다.

픽!

천호가 흙먼지를 날리며 바닥을 굴렀다.

"컥! 쿨럭쿨럭!"

숨이 턱 막히는가 하더니 마른기침이 터져 나왔다.

그러나 천호는 이내 억지로 몸을 일으켜 시선을 들었다. 그것은 본능이었다.

그러나 바닥에서 꿈틀거리는 팔백호를 확인한 순간.

그 옆에 대낮에도 야행복을 입은 검은 인영을 확인한 순간.

천호의 몸이 힘없이 무너져 내렸다.

털썩!

천호는 피곤했다. 저도 모르게 눈이 감기기 시작했다.

'일단 좀 자자.'

그리고 이 개월 만에 처음으로 편안하게 눈을 감을 수 있었다.

당소문은 양손에 한가득 짐을 든 채 거칠게 걸음을 옮겼다.

당소문은 얼굴만 보면 눈매가 가늘고 입술이 얇은 탓에 야비해 보이는 인상이다.

그러나 당가 특유의 독한 성정이 얼굴에 드러나 있어서

야비하다기보다는 무섭다라는 느낌을 주고는 했다.

"씨발!"

그러나 그것도 옛말이다.

얼굴 전체를 뒤덮고 있는 울긋불긋한 멍 자국과 피딱지
는 원래의 야비해 보이는 인상과 어우러져 이제는 무섭다
기보다는 흉악하다는 느낌을 줬다.

게다가 얼굴을 잔뜩 구긴 채 기분 나쁘다는 인상을 팍팍
풍겼다.

지나다니던 사람들이 알아서 길을 피했다.

그런데 그건 또 그거대로 기분이 나빴다.

당소문이 눈썹을 꿈틀거렸다.

"이것들이……."

예전이라면 신경도 쓰지 않았을 게다. 오히려 당연하다
는 듯이 태연하게 그 사이를 지나다녔을 게다.

그런데 지금은 다르다. 자신의 몰골이 어떤지는 자신이
가장 잘 안다.

사람들의 눈길이 예전과는 다르다는 느낌을 받았다. 괜
히 성질이 났다.

당소문이 이를 빠득빠득 갈았다. 그러나 그조차도 오래
가지 못했다.

당소문이 한숨을 쉬었다.

"후우. 성질 내 봐야 나만 손해지."

아직 오후 일정이 남았다. 조금이라도 힘을 아껴야 했다.

원래는 오전에만 검을 수련하고 오후에는 휴식을 취했는데, 딱 한 달이 지난 오늘부터는 신법수련도 병행한다고 했다.

당소문의 얼굴이 어두워졌다.

'장난이 아니던데……'

운현과 천영영의 수련을 가장 가까이에서 지켜본 당소문이다.

하루하루가 전쟁이었다. 날이 갈수록 걸레가 돼 갔다. 상처가 끊이지 않았다.

'좀 나아지나 싶으면 그 꼴을 두고 보질 않으니……'

스무 날 정도가 지나며 운현과 천영영의 상처도 확연히 줄어들었다.

죽기는 싫었는지 미친 듯이 뛰는 게다.

그런데 딱 거기까지였다.

운현과 천영영의 상처가 줄어든 걸 확인한 모용기가 경비견을 한 마리씩 더 집어넣는 만행을 저지른 게다.

'지금이라도 튈까?'

심각하게 고민됐으나 이내 고개를 내저을 수밖에 없었다.

당화기가 두고 보지만은 않을 것이라는 걸 잘 알기 때문이었다.

'죽겠네, 진짜……'

그나마 다행인 건 상처 치료에 탁월한 흑옥고가 항시 준비돼 있다는 점이다.

이미 같은 과정을 겪었다고 하는 명진이나 소무결, 제갈연이 흉터 자국 하나 없이 깨끗한 것은 흑옥고의 탁월한 효능 덕분이었다.

'흉터 걱정은 안 해도…… 아니, 이게 아니고.'

당소문이 고개를 휘휘 저었다.

지금 중요한 것은 큼지막한 송곳니를 드러낸 채 으르렁거리는 똥개들이다.

내력조차 폐쇄당한 채 그 앞으로 던져진다 생각하니 한여름에 한기가 돋을 정도였다.

당소문이 한껏 우울한 얼굴로 걸음을 옮기는데, 문득 검은 그림자가 그의 머리 위로 드리워졌다.

"응?"

잠깐 고민했지만 곧 답이 나왔다.

당소문을 덮을 정도로 큰 그림자를 가진 녀석은 한 놈뿐이었다.

당소문이 시선을 들자 예상대로 팽가혁이 뻬딱한 얼굴을 한 채 당소문을 내려다보고 있었다.

당소문이 얼굴을 찌푸렸다.

"뭐냐?"

"그건 내가 물을 말이다. 너 지금 뭐 하는 거냐?"

팽가혁이 당소문의 양손을 힐끗거렸다. 당소문이 얼굴을 구겼다.

'젠장. 하필이면 이 자식한테……'

짜증이 났다. 죽기보다 싫었다.

저도 모르게 봇짐을 든 두 손을 슬금슬금 등 뒤로 숨겼다.

팽가혁이 픽 하고 웃음을 흘렸다. 명백한 비웃음이었다.

"잘하는 짓이다. 천하의 당소문이 도시락 배달이라니……."

팽가혁이 혀를 차며 한껏 이죽거렸다.

당소문은 속이 부글거렸다.

가뜩이나 기분이 좋지 않은데 옆에서 긁어 대니 터지기 일보 직전이었다. 그렇지 않아도 울고 싶은데 뺨 때려 주는 기분이었다.

당소문의 두 눈이 싸늘하게 굳어졌다.

"할 말이 뭐냐?"

"몰라서 물어? 고작 이딴 짓이나 하려고 그 새끼한테 붙은 거냐? 너 미쳤어?"

팽가혁이 흥분해서 가뜩이나 큰 덩치를 더 크게 부풀렸다. 게다가 묵직한 기세를 더하자 상당히 위협적이었다.

그러나 당소문은 눈썹 하나 까딱하지 않았다.

"그게 불만이면 우리 숙부님한테 가서 말해. 그럼 그 자식 근처에도 갈 일은 없을 테니까."

"뭐?"

"귀가 막혔냐? 내 말 못 들었어? 우리 숙부님한테 가서 말하라고, 이 새끼야!"

전혀 예상치 못한 말을 들었다는 듯 팽가혁이 눈을 동그랗게 떴다.

묵직하게 내려앉던 기세 역시 한순간 흔적도 없이 씻겨나갔다.

"그럴 자신 없으면 입 다물고 꺼져."

당소문이 팽가혁을 툭 치고 지나갔다.

팽가혁은 믿을 수 없다는 눈으로 당소문의 뒷모습을 쳐다봤다.

두어 걸음 발을 옮기던 당소문이 걸음을 멈췄다.

그리고는 고개만 돌려 팽가혁을 쳐다봤다.

"그런데 너. 칠성검법은 잘 배우고 있냐?"

"으응?"

팽가혁이 어리둥절한 얼굴을 했다.

그러나 곧 의미를 파악하고는 얼굴이 구겨졌다.

당소문이 픽 하고 웃더니 제 갈 길을 재촉했다.

팽가혁이 욕설을 내뱉었다.

"제기랄."

❖ ❖ ❖

"이제 오냐?"

아무렇게나 널브러져 있던 운현이 상체를 일으켰다. 당소문이 얼굴을 찌푸렸다.

제갈연이 얼른 다가서며 당소문으로부터 짐을 건네받았다.

"고생하셨어요."

딱딱하던 당소문의 얼굴이 절로 녹아내릴 정도로 나긋나긋한 목소리다.

그러나 당소문은 떨떠름한 얼굴로 고개를 끄덕였다.

"고…… 고맙소."

선이 곱던 갸름한 달걀형의 얼굴은 온데간데없었고, 어두컴컴한 밤하늘을 환히 밝히는 달덩이다. 그것도 아주 꽉 찬 보름달이다.

'좀 쏘였어야지.'

부위를 가리지 않고 아주 골고루도 쏘였다. 분칠로 가리지 않았다면 얼굴이 울긋불긋했을 터다. 괜히 입맛이 쓰다.

"왜 그러세요?"

당소문의 얼굴이 좋지 않은 것을 본 제갈연이 고개를 갸웃거렸다. 감춘다고 했는데 속마음이 얼굴에 드러났나 보다.

"아…… 아니오."

당소문은 얼른 시선을 돌렸다.

한쪽 구석에 쪼그리고 앉아 있던 천영영이 고개를 까딱거렸다.

"고마워."

천영영도 못난 얼굴이 아니다.

백운설과 제갈연에 가려져서 그렇지, 그녀들만 없었다면 천영영이 그 자리를 차지하고도 남았을 미모다.

그러나 지금은 아니다. 시커먼 고약을 치덕치덕 치댄 얼굴이 예뻐 봐야 얼마나 예쁘겠는가?

당소문은 또 한 번 시선을 돌리다가 이번에는 한숨을 내쉬고 말았다.

명진은 항상 그대로였다. 가부좌를 튼 채 다른 이에게는 관심조차 주지 않았다.

당소문은 고개를 절레절레 젓고는 운현의 옆에 자리를 잡았다.

"근데 그 자식은 어디 갔냐?"

"기아 말이야?"

"그래."

"무결이 데리러 갔어."

"걔 괜찮냐?"

"무결이? 걱정할 거 없어. 걔가 원래 거지라서 아무거나 주워 먹어도 어지간해서는 탈이 안 나거든."

"흐음……."

당소문이 뺨을 긁적였다.

이게 아무거나 주워 먹어도 탈이 나지 않는 걸로 해결이
되나?

꿀벌보다 독성이 강한 말벌이다. 일반인이면 한 방만 쏘
여도 위험하다.

아무리 무공을 배웠다 해도 그만큼 쏘이면 탈이 나지 않
을 리가 없었다.

제갈연이나 명진도 하루 이틀은 정신을 못 차리는데, 소
무결은 더하면 더했지 덜할 수가 없었다.

그때 연공실로 들어서는 모용기를 발견한 운현이 의아한
표정으로 물었다.

"어라? 너 왜 혼자 오냐? 무결이는?"

모용기는 대답 대신 곱게 접힌 서신 하나를 내밀었다.

"이게 뭔데?"

운현이 고개를 갸웃거리며 서신을 펼쳐 들었다. 알아보
기도 어려울 정도로 악필이다.

이건 소무결의 글씨가 확실했다.

- 찾지 마라. 나 은퇴한다.
　　　　소무결

❖ ❖ ❖

수신각을 나서던 운현이 얼굴을 구겼다.

"이 자식을 어디 가서 잡아 와?"

다른 이도 아닌 소무결이다.

개봉을 훤히 들여다보는 건 둘째 치더라도 강호 경험이 많다는 것이 문제였다.

태생이 거지라서 어릴 때부터 중원이 좁다 하며 싸돌아다녔다. 여차하면 중원 끝까지라도 갈 놈이었다.

"소무결이 자주 가는 곳 아는 데 있나?"

"몰라. 내가 그걸 어떻게 알아?"

당소문의 질문에 운현이 고개를 저었다.

친하다고는 해도 그나마 다른 이들에 비해 친하다는 것이지, 소무결의 사정을 훤히 들여다 볼 정도는 아니었다.

그러기엔 곤륜과 개봉은 거리가 너무 멀었다.

"모용기 이 썩을 놈. 똥은 지가 싸고 왜 우리보고 치우라는 거야? 이걸 무슨 수로 잡으라고?"

운현이 잔뜩 얼굴을 구긴 채 투덜거렸다. 천영영이 얼굴을 찌푸렸다.

"그만 좀 징징거려. 지금 그게 문제가 아니잖아."

"그럼 어쩌자고? 걔 잡을 자신 있어?"

"그래서 안 하게? 너도 수련 시간 늘어나는 거 싫어서

나온 거 아냐?"

모용기는 운현이 반항하자 수련 시간을 늘려 버리겠다고
협박했다.

그날 수련을 마치면 힘이 들어서 정신이 몽롱할 정도로
이미 하루하루가 전쟁인 상황.

숙소에서도 곧바로 쓰러져서 자는 게 전부였다.

이 이상 수련 시간이 늘어나는 것은 곧 죽어도 절대 사절
이다.

"젠장. 나도 무결이처럼 확 튀어 버릴까 보다."

"걔처럼 숨을 자신은 있고? 쓸데없는 소리 말고 걔 찾을
방법이나 생각해 봐."

천영영이 톡 쏘아붙였다.

그러나 난감하기는 그녀 역시 마찬가지였다.

머리를 굴려 봐도 도무지 소무결을 찾을 방법이 떠오르
지 않았다.

"저⋯⋯."

제갈연이 조심스레 말문을 열었다. 천영영이 먼저 반응
했다.

"왜? 좋은 방법이라도 떠올랐어?"

"아니요."

"그럼?"

"제가 보기엔 우리끼리는 죽어도 못 잡을 것 같아요. 소

284 참룡 회귀록 2

공자 발이 워낙 넓어서…….'

운현이 얼굴을 찌푸렸다.

"그래서 뭐? 포기하자고?"

"넌 좀 가만있어 봐. 애가 그러자고 말 꺼냈겠어?"

천영영이 눈을 흘겼다. 그리고는 다시 제갈연을 쳐다봤
다.

"계속 말해 봐."

제갈연이 고개를 끄덕였다.

"개방에 도움을 구하는 게 어떨까요?"

일리가 있는 말이었다. 개방이라면 무슨 수를 써서라도
소무결을 찾아낼 터였다.

그러나 천영영은 선뜻 고개를 끄덕이지 못했다.

"그랬다간 홍 방주님이 무결이를 잡아먹으려고 들 텐
데."

죽이기야 하겠냐마는 호되게 혼날 것은 기정사실.

그래도 친구라고 그건 좀 껄끄러웠다.

그러나 운현은 거리낌 없었다. 운현이 손가락을 딱 하고
튕겼다.

"오호. 그거 좋다. 개방이 움직이면 무결이도 어쩔 수 없
겠지."

"야, 그러면 무결이 엄청 혼날 텐데…… 차라리 다른 방
법을…….'

"다른 방법 뭐? 생각나는 것 있어? 있으면 말해 봐."

천영영이 잠깐 고민하다가 고개를 저었다.

"거봐. 없잖아. 개방 정도가 아니면 걔 죽어도 못 잡아."

"그래도……."

"그래도는 무슨 그래도야? 걔 안 잡아 오면 당장 우리가 죽게 생겼는데. 그 다음은 일단 잡고 나서 생각하자고."

당소문도 고개를 끄덕였다.

"운현의 말이 맞다. 일단 잡고 나서 생각하자."

그리고는 제갈연을 돌아봤다.

"더 남았소?"

"하나 더요. 운현 도장님은 관주님께 부탁해서 외출증 좀 받아 주세요. 혹시나 모르니까 소 공자님 것도 같이요."

운현이 선선히 고개를 끄덕였다.

"알았어. 그건 내가 해결할게. 그보다 너흰 언제까지 서로 높임말 쓸 거야?"

제갈연은 예전부터 그랬다. 그런데 당소문은 아니다. 아무에게나 말을 잘 놓는다.

그런 그가 제갈연에게 말할 때만큼은 높임말을 썼다. 삼자 입장에서는 은근히 불편했다.

제갈연이 난처한 얼굴을 하자 당소문이 대신 나섰다.

"우린 이게 편하다."

"너희들만 편하면 다냐? 우리가 불편하다고. 좀 좋게

좋게…… 악! 왜 또 꼬집어?"

운현이 불만 어린 눈으로 천영영을 쳐다봤다.

"지금 그게 중요한 게 아니잖아. 일단 움직이자. 무결이 부터 잡고 보자고. 보름밖에 시간 없어."

모용기는 딱 보름이라고 못 박았다. 그것을 떠올린 운현 이 끙 하고 앓는 소리를 냈다. 그리고는 결국 고개를 끄덕 였다.

"알았어. 일단 사백부터 뵙고 올게."

"난 안 가 봐도 되나?"

명진이 모용기를 쳐다봤다. 모용기는 고개를 저었다.

"됐어. 그건 걔들만으로도 충분해."

무공에 조금씩 눈을 뜨고 있는 명진이다.

희미하지만 소무결이나 운현 등의 무공수위가 보이기 시 작했다.

제갈연이 정상이라면 모를까 나머지는 다 덤벼도 소무결 을 이기지 못할 거라 생각해 말을 꺼낸 것이었다.

"무결이 잡기 어려울 텐데."

"됐다니까. 그건 걔들이 알아서 할 일이고. 그보다 부탁 하나 하자."

"부탁?"

모용기가 고개를 끄덕였다.

"다른 게 아니고…… 넌 내 연공실 좀 지켜 주라."

"네 연공실을?"

"그래."

명진의 눈동자에 의문이 깃들었다.

모용기는 일전에 명진에게 건네받은 천산설련을 품에서
꺼내 들었다.

"이제 먹을 때도 된 것 같아서."

기회만 보고 있었는데 마침 소무결 덕분에 시간이 난 게다.

지금이 아니면 몇 달은 더 기다려야 할지도 모르니 후딱
해치울 생각이었다.

'사실 금와의 독단이 더 좋긴 한데.'

효과만 보면 당화기에게 받은 금와의 독단이 더 상급이
라 할 수 있었다.

그러나 금와의 독단은 아직 소화하기가 어렵다는 결론이
다.

혀로만 살짝 핥았을 뿐인데 죽을 뻔했다. 독성이 강해도
너무 강했다.

'골로 가기 딱 좋지.'

그래서 일단 기운이 덜한 천산설련부터 쓰기로 마음먹었
다.

금와의 독단은 그 다음이었다.

사실 그조차도 확신할 수 없었다.

당화기가 생각보다 좋은 걸 내준 게다.

모용기가 만족스런 얼굴로 히죽거리는데 명진의 반응이 이상했다.

명진이 얼굴을 딱딱하게 굳혔다.

"그걸 그냥 먹겠다고?"

영약은 그냥 먹는 게 아니다. 짧게는 수십 년에서 길게는 수백 년 동안 기운을 축적한 게 영약이었다.

인간이 감당하기에는 너무 강했고, 무작정 먹다가는 폐인이 되기에 딱 좋았다. 무인 역시 마찬가지였다.

"영약은 그냥 먹는 게 아니다."

각종 약재 처리로 영약의 기운을 억눌러야 했다.

한 번에 흡수하는 게 아니라 긴 시간을 두고 조금씩 흡수되도록 처리하는 게다.

"널 도와줄 내가고수도 없다."

아무리 약재 처리를 해도 만에 하나라는 것이 있었다.

그럴 때는 내가고수의 도움이 필요했다.

혼자서는 절대로 해결하지 못한다.

그러나 모용기는 아무렇지도 않다는 듯이 대꾸했다.

"괜찮아. 걱정 안 해도 돼."

"이건 진짜 위험하다."

명진의 눈동자에 우려가 담겼다. 차가운 얼굴과 태도로 냉정한 척해도 천성은 감추지 못했다.

역시 잔정이 많은 놈이다.

모용기가 목소리를 낮췄다.

"이건 너한테만 말하는 건데, 내가 백 년 하수오 먹을 때도 딱 이랬거든."

"뭐?"

명진이 흠칫했다.

모용기가 씩 웃었다.

"그러니까 괜찮아. 물론 따라 할 생각은 하지 말고. 넌 진짜 죽어."

명진이 동그랗게 눈을 뜨고 한동안 쳐다보기만 했다. 그러나 이내 얼굴을 구기고 말았다.

"왜 난 할 수 없다는 거냐?"

그럴 줄 알았다. 내버려 뒀으면 저 혼자 하고도 남을 놈이다. 물론 준비해 둔 말도 있었다.

"내가 배운 심법이 좀 특별하거든."

심법이 특별한 게 아니라 사람이 특별한 게다.

백 년 하수오급의 영약을 흡수하려면 내력을 섬세하게 운용해야 했다.

그것은 모용기가 가장 자신 있어 하는 부분이었다.

자신을 훌쩍 뛰어 넘는 내가고수들을 상대하려면 그거

라도 잘해야 했기 때문이었다.

그것이 고작 십 년 치의 내력으로 백 년 하수오의 기운을 절반 가까이 흡수할 수 있었던 이유이기도 했다.

"그럼 나도……."

사정을 모르는 명진이 눈빛을 반짝였다. 욕심이 생긴 게다.

모용기는 단호하게 잘라 냈다.

"꿈도 꾸지 마. 가전심법이라 아무도 못 줘."

명진의 얼굴에 실망감이 맴돌았다. 그러나 잠시뿐이다. 얼른 털어 내고 입을 열었다.

"얼마나 하면 되나?"

명진의 질문에 모용기가 뺨을 긁적였다.

'지난번에 보름이 걸렸는데…….'

백 년 하수오를 흡수하는 데 보름이 걸렸다.

그러나 온전히 흡수하지는 못했다.

모용기가 백 년 하수오의 기운을 감당하지 못했기 때문이다.

천산설련을 완벽히 흡수하려면 그보다 더 많은 시간이 필요할 것 같았다.

그러나 모용기는 고개를 저었다.

'이번엔 욕심내지 말자.'

욕심을 부리다가 죽다 살아났다.

같은 경험은 두 번 다시 하고 싶지 않았다.

딱 백 년 하수오만큼만 먹을 생각이다.

"보름 정도?"

명진이 고개를 끄덕였다.

"알았다."

"아, 그리고 일단 보름이긴 한데, 더 걸릴지도 모르니까 내가 나오기 전에는 들어오지 말고."

"알겠다. 언제부터 하면 되나?"

모용기가 히죽 웃었다.

"지금."

명진을 내보낸 모용기는 만족스러운 얼굴로 고개를 끄덕였다.

'이제 준비는 다 됐고.'

가장 까다롭던 장소 문제가 해결됐다.

영약을 흡수하는 것은 그만큼 위험했다.

조그마한 충격이나 소음에도 주화입마로 직결되기 때문이다.

'그땐 무슨 생각으로 그랬나 몰라.'

몇 달 전 백 년 하수오를 흡수할 때의 일이다.

지금 생각하면 등골이 오싹할 정도였다.

'무식하면 용감하다고······.'

기껏해야 몇 시진이면 끝날 줄 알고 대충 동굴 하나를

골랐다.

운이 좋았기에 망정이지 작은 짐승이라도 하나 출몰했다면 그대로 폐인이 됐을 게다.

'이거 먹으면 회귀 전의 실력은 거의 회복하겠지?'

얼핏 예측하기로는 일갑자에 조금 못 미칠 게다.

그 정도면 회귀 전에 가지고 있던 내력에 거의 근접했다.

게다가 그게 다가 아니었다.

'하수오는 쓸데없이 양강하기만 했단 말이지.'

모용기의 무공은 강하고 빠르며 부드러웠다.

강이나 쾌를 무기로 삼는 초식을 사용할 때는 문제가 없었다.

그러나 부드러움을 중시하는 초식을 사용할 때는 조금씩 이질감이 느껴졌다.

'당장은 큰 문제가 아니긴 한데……'

일반적으로는 큰 문제가 없었다.

그러나 고수들 간의 격전에서는 문제가 될 가능성이 농후했다.

불확실한 것은 싹을 자르는 게 좋다. 음양의 조화를 갖추는 게 중요했다.

"일단 먹자."

바싹 말라 버린 설련은 씁쓰름한 것으로도 모자라 텁텁하기까지 했다.

백 년 하수오는 그래도 갓 캐낸 것이라 물기라도 있었지만, 이건 그것조차도 없었기 때문이다.

'더럽게 맛없네.'

모용기는 얼굴을 와락 구기면서도 꼭꼭 씹어 먹는 것을 잊지 않았다. 죽이라고 해도 믿을 정도가 될 때까지 꼭꼭 씹었다.

'어라? 이거 넘기는 건 또 다르네.'

텁텁하고 씁쓰름하던 것이 목을 타고 넘어갈 때는 청량한 느낌이 들었다.

확실히 영약은 영약이었다. 일반적인 약초와는 달랐다.

'이제 약효가 퍼질 테고.'

모용기는 그 자리에 가부좌를 틀었다.

잠깐 시간을 두고 기다리자 아랫배에서부터 시원한 기운이 느껴지더니 곧 사지로 뻗어 나가기 시작했다. 백 년 하수오 때와 비슷했다.

다른 점이 있다면 그때는 따스했고 지금은 시원하다는 점이었다.

'이제 시작해 볼까?'

전신에 시원한 청량감이 들었다. 천산설련의 기운이 제대로 퍼진 게다.

모용기는 단전에서 내력을 뽑아냈다. 실처럼 가느다란 내력이 용케 끊어지지 않고 기혈을 따라 움직였다.

'신중하게.'

백 년 하수오 때의 경험으로 배운 게다. 조금씩 먹어야 한다.

모용기는 신중하게 내력을 움직여 우선 제문혈 부근에 자리 잡은 작은 덩어리를 콕 찍자, 천산설련의 기운이 움찔하며 반응했다.

'좋아.'

이 정도가 딱 좋다. 역시 조금씩 건드리는 게 정답인 것 같았다.

모용기는 다시 한 번 내력을 움직였다.

그리고 이번에도 천산설련의 기운을 콕 하고 찍자, 천산설련의 기운은 이전과 동일한 반응을 보였다.

'딱 저만큼씩만 먹으면 돼.'

저 정도면 무리가 없었다. 계산이 선 게다.

모용기가 흡족한 기분으로 다시 한 번 천산설련의 기운을 콕 하고 찔렀다. 끌려나오는 순간 바로 집어삼키면 된다. 신경을 곤두세우며 만반의 준비를 했다.

그런데 이번에는 반응이 달랐다.

천산설련의 기운이 크게 출렁이더니 실같이 가느다란 모용기의 내력을 쭉 빨아들였다.

'어? 이거 왜 이래?'

모용기는 한 번 경험이 있었다. 그래서 자신이 알지 못하는 반응에 민감했다.

　최대한 숨을 죽였다. 무의식적으로 흘러 다니던 미약한 내력마저 꽁꽁 묶어 버렸다.

　다행히 천산설련의 음기가 더 이상의 반응을 보이지 않았다.

　모용기가 내심 한숨을 쉬었다.

　'와…… 간 떨어지는 줄 알았네.'

　백 년 하수오 때의 경험이 너무도 강렬했다.

　고온의 불덩어리가 기혈을 헤집고 다니는 통에 정말 죽는 줄 알았다.

　전신이 바싹 마르던 느낌이었다. 그 같은 경험은 절대 사절이었다.

　'근데 이게 왜 이러는 거지?'

　안타깝지만 물어볼 곳이 없었다. 예나 지금이나 똑같다. 믿을 건 오로지 자신뿐이었다.

　모용기가 필사적으로 머리를 굴렸다. 언뜻 떠오르는 것이 있기는 했다.

　'상극이라 그런가?'

　그렇게 보면 작은 자극에도 크게 반응하는 것이 이해될 법도 했다. 모순이지만, 조화를 추구하면서도 한편으로는 서로 극렬하게 대립하는 것이 음양의 기운이기 때문이다.

　'이거 어쩌지?'

이성적으로 생각하면 천산설련의 음기를 포기하는 것이 맞다. 섣불리 건드리기엔 너무 위험했다.

그런데 자꾸 욕심이 고개를 쳐든다. 성공하면 무려 일갑자에 근접하는 내력을 손에 넣게 된다.

그 정도면 모용기가 가장 강했던 때에 비해 큰 손색이 없다. 단번에 앞서나갈 수 있는 상황이었다.

'골치 아프네.'

버리자니 아깝고 먹어 치우자니 무서웠다. 서로가 앞서거니 뒤서거니 했다. 잠시 미간을 모은 채 고민했지만 결론은 어렵지 않았다.

'버리자.'

원래 급하게 먹는 밥이 체하는 법이다.

하지만 이건 체하는 정도로 끝나지 않는다.

운이 아주 좋으면 폐인이고, 그냥 좋은 정도면 죽는다.

벌써 죽고 싶은 마음은 눈곱만큼도 없었다.

마음을 정한 모용기는 슬며시 눈을 떴다.

"젠장, 입맛만 버렸네."

아쉬운 마음에 얼굴이 찌푸려졌다.

그러나 이내 고개를 휘휘 저어 그마저도 날려 버리고 만다.

괜히 마음에 담아 둬 봐야 속만 쓰리다.

"근데 이건 어쩐다?"

내버려 두면 자연히 흩어질 기운이지만 시간이 꽤 걸린다.

꺼림칙하지만 그렇다고 별다른 방법이 있는 것도 아니었다.

"며칠 동안은 숨만 쉬고 살아야겠네."

결국 기댈 건 시간밖에 없었다. 모용기가 푹 하고 한숨을 내쉬었다.

그런데 그 순간 제문혈에서 따끔하고 통증이 일었다.

"응?"

경계할 틈도 없었다. 제문혈 부근의 작은 덩어리가 갑자기 크게 요동치더니 단단하게 뭉쳐지기 시작했다.

"망할!"

모용기는 급하게 자세를 잡았다.

백 년 하수오 때도 딱 이랬다. 이건 위험신호였다.

단전에서 내력을 쭉 뽑아내서 제문혈을 단단하게 감쌌다. 조금의 빈틈도 허용하지 않겠다는 각오로 꼼꼼하게 틀어막았다.

'이게 번지면 진짜 죽는다!'

직감적으로 알 수 있었다. 다른 곳에 옮겨 붙으면 감당이 되지 않는다. 무조건 막아야 했다.

모용기는 제문혈에 두껍게 벽을 쌓았다.

그의 대비가 끝나기 무섭게 단단하게 뭉쳐진 음기가 드디어 움직이기 시작했다.

쿵!

'윽!'

작은 덩어리라곤 하나 우습게 볼 게 아니었다.

가벼운 충돌이지만 제문혈을 칼로 긁어 대는 듯한 통증이 일었다.

쿵!

충돌이 조금 더 강해졌고 통증은 배로 늘었다.

'으윽!'

극한 통증에 으드득하는 소리가 나더니 입술의 가장자리를 타고 핏물이 주르륵 흘렀다.

'제길!'

이보다 더한 고통도 경험했다.

이 정도 통증은 얼마든지 참아 낼 수 있었다.

하지만 그것이 문제가 아니었다.

'기혈이 망가진다!'

이게 문제다. 한동안이 아니라 평생을 숨만 쉬고 살아야 한다.

'그 짓을 또 한다고?'

끔찍했다. 죽어도 하기 싫었다.

'젠장!'

방법은 딱 하나밖에 없었다.

천산설련의 음기를 먹어 치워야 했다.

일반적인 방법으로는 절대로 제어하지 못한다.

'젠장!'

모용기는 어금니를 악 물었다.

어차피 죽는 건 매한가지다. 그럼 발버둥이라도 쳐 봐야 한다.

'이래 죽으나, 저래 죽으나!'

마음을 먹은 모용기가 한순간 내력을 거둬 버렸다.

감탄을 자아낼 정도로 내력의 운용이 절묘했다.

단 한 톨의 내력도 남기지 않고 깨끗이 치워 버렸다.

그리고 그 순간 드디어 고삐가 풀린 천산설련의 음기가 요동치기 시작했다.

화산의 진산절기는 칠절매화검이다.

오로지 다섯 명의 매화검수들만이 접할 수 있는 칠절매화검은 화산의 수많은 검법 중에서도 위력이 가장 강력했다.

그러나 화산의 검법 중 가장 유명한 검법을 꼽으라 하면 이십사수매화검법이었다.

이십사수매화검법은 화산의 제자라면 필수적으로 배워야 하는 검법이다 보니 강호에서 가장 많이 접할 수 있기 때문이었다.

그렇다고 약하냐 하면 그도 아니었다.

화산의 상징인 매화가 붙은 검법이다. 널리 퍼졌다고는
하나 그 위력이 간단할 리가 없었다.

"하앗!"

앙칼지게 기합을 내지르며 펼쳐지는 백운설의 검은 화려
하고, 예리하고, 경쾌하면서 또 치명적이었다. 공손도가 오
랜 시간 잊고 지냈던 바로 그 모습이다. 공손도는 저도 모
르게 침음성을 흘렸다.

"으음……"

고작 한 달이다. 이십사수 매화검법에 입문한 지 얼마 되
지 않아 어색하기 짝이 없었던 백운설의 검이 제대로 된 형
을 갖추게 된 시간이 고작 한 달이다. 공손도가 보기에는
짧아도 지나치게 짧았다. 제법 고수라고 알려진 공손도였
지만 절대로 불가능한 일이었다.

'역시 사형이군.'

뒷짐을 진 채 냉정한 눈으로 백운설을 지켜보는 조화심
이 경이로울 정도였다.

내력의 차이가 크지 않다면 올바른 검로를 적절하게 사
용할 수 있느냐에 따라 무공의 고하가 나뉜다. 이러한 부분
은 달마나 장삼봉 같은 무학의 대종사가 아닌 이상 절대적
으로 경험에 의존했다.

그러나 아직 어린 제자들의 경우에는 혼자서 할 수 있는 경험에 한계가 있다. 그래서 스승의 경험에 기대는 게다. 그렇게 보면 백운설의 급격한 성장에는 조화심의 역할이 컸다는 사실을 부인할 수가 없었다.

"사숙. 언제 오셨어요?"

어느새 검을 거둔 백운설이 헤실거리며 다가왔다.

땀에 젖어 얼굴에 달라붙은 머리카락을 떼어 내는 모습이 고혹적이다. 어렸을 적부터 지켜본 공손도조차도 정신을 놓을 만큼 자태가 곱다. 화산을 뒤덮는 흐드러지게 핀 매화도 저보다는 못할 것 같았다.

공손도의 입가에 자연스레 미소가 어렸다.

"이 녀석아, 진즉에 그렇게 하지 그랬느냐? 그랬다면 중간시에서 험한 꼴 볼 일도 없었을 텐데."

"사숙이 잘 알려 주셨어야죠. 제가 뭐 일부러 그랬겠어요?"

"그럼 그게 내 탓이란 말이냐?"

"그럼 아니에요? 사숙이 사부님처럼 가르쳐 주셨으면 무결이는 지금쯤 무호반에서 칠성검법 배우고 있을 걸요."

입을 삐죽 내민 채, 눈을 흘기는 게 아무리 봐도 버릇이 없었다. 어렸을 적부터 오냐오냐 길렀더니 어른 무서운 줄 모른다. 오로지 제 사부인 조화심에게만 고분고분했다. 그러나 말랑말랑한 성격인 공손도는 딱히 흠을 잡을 생각이 없었다.

참룡 회귀록 2

"그런데 사숙. 갑자기 어쩐 일이세요? 한동안 얼굴도 안 보여 주시더니."

조화심이 불편해 한동안 발길을 끊었더니 섭섭함과 원망이 뒤섞인 얼굴이다. 그걸 보니 자신이 너무했나 싶기도 하다가 감정이 없는 조화심의 얼굴을 확인하고는 냉큼 고개를 젓고 말았다.

'살 사람은 살아야지.'

같은 사부 아래서 오랜 시간을 함께했지만 사형인 조화심은 여전히 어려운 존재였다. 어린 시절부터 수십 년을 함께했음에도 아직까지도 그의 앞에 서면 숨이 턱 막혔다. 번거로운 것을 싫어하는 자신이 화산을 떠나 정무맹으로 오게 된 이유 중 하나가 조화심이었을 정도였다. 가급적이면 피하고 싶었다. 그러나 지금처럼 피하기 어려울 때도 있었다.

공손도의 시선이 백운설 대신 조화심에게로 향했다.

"사형, 어쩐 일이십니까? 달리 분부하실 말씀이라도 있으신 겁니까?"

백운설이 공손도의 시선을 따라갔다. 그 끝에는 무슨 생각을 하는지 짐작조차 가지 않는 조화심의 무표정한 얼굴이 자리하고 있었다.

"그 녀석 잡아와라."

"예?"

공손도가 고개를 갸웃거렸다. 그러나 하얗게 질려 가는 백운설의 얼굴을 확인하고는 조화심의 의도를 짐작할 수 있었다.

'모용기라고 했던가?'

공손도가 눈살을 찌푸렸다.

"허…… 아직도 안 온 겝니까?"

조화심은 더 이상 말이 없었다. 공손도의 얼굴 역시 좋지 않았다. 아무리 불편해도 어른을 한 달이나 넘도록 기다리게 하는 건 예의가 아니다.

"사부님, 제가 가서…… 히끅."

조화심의 투명한 눈동자가 자신을 향하자 백운설이 화들짝 놀라며 고개를 숙였다.

공손도가 한숨을 쉬며 대신 나섰다.

"알겠습니다. 제가 가서 데려오겠습니다."

공손도의 대꾸에 조화심은 그대로 휙 몸을 돌렸다. 그 뒷모습이 사라질 때쯤 공손도가 백운설을 다그쳤다.

"이게 어찌된 일이냐?"

백운설이 난처한 얼굴을 했다.

"그, 그게…… 기아가 바쁘다고 해서…….."

"이 녀석아. 그걸 지금 말이라고 하느냐? 네가 알아듣도록 설명을 했어야지."

백운설은 억울했다. 몇 번이나 설명했어도 모용기는 들은 체도 하지 않았기 때문이다.

공손도는 쯧 하고 혀를 찼다.

"됐다. 안내나 하거라. 나와 함께 가자."

"하지만 사숙……."

"어허. 네가 정말 경을 쳐야 정신을 차리겠느냐? 너야 그렇다고 치더라도 그 녀석은 어떻게 하려고? 사형께서 그냥 내버려 둘 것 같으냐?"

확실히 공손도의 말은 일리가 있었다. 이 상황이 계속되면 제 사부는 모용기를 두고 보고 있지만은 않을 게다. 백운설이 고개를 끄덕였다.

"알겠어요, 사숙. 절 따라오세요."

백운설의 뒤를 따라 걸음을 옮기는 공손도는 절로 한숨이 나왔다. 반백이 다 된 나이에 아직도 사형 심부름이 하고 있자니 자괴감이 든 게다. 그러다 문득 의문도 함께했다.

'그런데 왜 지금 와서?'

벌써 한 달이 넘었다. 일을 치를 거면 진즉에 끝났어야 했다. 조화심 성격상 아직까지도 두고 보고만 있었다는 것이 선뜻 이해가 가지 않았다.

'내가 알지 못하는 것이라도 있나?'

잠깐 고민하던 공손도는 이내 고개를 젓고 말았다. 고민해 봐야 조화심의 깊은 속을 헤아리기는 무리였다. 그게 가능했다면 애초에 그를 피해 다니지도 않았을 것이다.

'일단 데려다 놓고 상황을 봐야겠구나.'

천영영이 내키지 않는다는 얼굴로 운현을 쳐다봤다.

"괜찮을까?"

"안 괜찮으면? 다른 방법이라도 있어? 자꾸 같은 소리하게 하지 말고 따라오기나 해."

이해 못 할 바는 아니다. 유독 천영영과 명진에게 쌀쌀맞게 대하는 홍소천이다. 가급적이면 피하고 싶을 터다. 그러나 지금은 그럴 때가 아니다. 일단 소무결을 찾는 것이 중요했다.

"저기 계십니다."

앞서 가던 거지가 걸음을 멈추고 운현 등을 돌아봤다. 거지의 손짓을 따라가자 거지들 사이에서 밥을 먹고 있는 홍소천을 확인할 수 있었다.

"감사합니다."

"그럼 전 이만……."

안내를 맡던 거지는 급한 일이라도 있는지 후다닥 자리를 피했다.

운현이 일행을 돌아봤다.

"괜히 우르르 갈 거 없으니까 니들은 여기 있어."

운현은 대답도 듣지 않고 쪼르르 달려가더니 냉큼 홍소
천에게 고개를 숙였다.

"방주님, 저 운현입니다."

"응? 네가 여기 웬일이냐?"

홍소천이 밥풀이 덕지덕지 달라붙은 얼굴로 눈을 동그랗
게 떴다. 이 시간에 여기 있을 이유가 없는 운현이다. 그래
서 의문이 든 게다.

홍소천이 고개를 휘휘 돌렸다. 멀리서 제갈연 등이 꾸벅
고개를 숙였다.

"어라? 쟤들도 왔어?"

그런데 있어야 할 녀석이 보이지 않는다. 홍소천이 고개
를 갸웃거렸다.

"근데 우리 무결이는?"

운현이 한숨을 쉬었다. 올 게 왔기 때문이다. 어떻게 설
명할까 잠깐 고민하다가 에라 모르겠다 싶어서 소무결이
남긴 서신을 그대로 내밀었다.

"이건 또 뭐냐?"

고개를 갸웃거리며 서신을 받아 든 홍소천은 내용을 확
인하더니 한동안 눈만 끔뻑거렸다. 그러나 이내 입술을 푸
들푸들 떨기 시작하더니 얼굴이 시뻘겋게 달아올랐다.

"무결이 이눔시키! 내 이놈을 당장."

❖ ❖ ❖

　햇볕이 쨍쨍 내리쬐는 한여름의 날씨에도 무호반 관생들은 열심히 검을 휘둘렀다.

　"풍사망망!"

　"하압!"

　"노지횡사!"

　"하압!"

　칠성검법을 상승의 무공이라 볼 수는 없었지만 관생들의 얼굴은 더할 나위 없이 좋았다.

　교두들의 구령에 맞춰 펼쳐 내는 칠성검법의 초식들이 이제는 태를 갖추고 제법 절도가 보이기 시작하자 얼굴은 더 밝아졌다. 정무맹의 일반 무사들이나 배우는 칠성검법이라도 이제껏 자신들이 배워왔던 무공보다는 훨씬 나았기 때문이다.

　무더운 날씨에 땀을 뻘뻘 흘리면서도 칠성검법에 매진하는 이유였다.

　그러나 모두가 그런 것은 아니다. 강호에서 이름 좀 있다 하는 가문의 아이들에게는 기초 중의 기초라고 할 수 있는 칠성검법이 눈에 들어올 리가 없었다. 승룡반에서 무호반으로 강등된 구파일방과 오대세가의 아이들이 특히 그랬다. 그중에서도 팽가혁은 곧 죽을 것처럼 인상을 썼다.

"젠장."

다른 곳도 아니고 팽가다. 팽가의 무인이 도가 아니라 검을 잡고 있다. 돌아가신 조상님이 무덤에서 벌떡 일어났다가 뒷목잡고 다시 누울지도 모를 일이었다. 치욕이었다.

'죽겠네, 진짜.'

솔직한 심정으로는 당장이라도 때려치우고 싶었다. 이건 정말 못할 짓이다. 용봉관 퇴관을 진지하게 고민할 정도였다.

그러나 내키는 대로 행동하기에는 걸리는 것이 너무 많았다. 당장 정무맹에 있는 팽도명만 해도 쌍욕을 퍼부을 게다. 그나마 그건 양반이다. 팽가에서 장로로 있는 자신의 아버지는 일단 칼부터 뽑고 볼 터였다.

"그만."

수석교두 고상의 외침에 무호반 관생들이 일제히 검을 멈췄다. 그 절도 있는 모습에 만족스러운 얼굴로 고개를 끄덕인 고상이 다시 외쳤다.

"오늘 수업은 여기까지다! 오후에는 각자 개인수련에 몰두하도록! 이상."

고상을 필두로 교두들이 우르르 빠져나갔다. 나직이 한숨을 내쉰 팽가혁은 일단 남궁서천부터 찾았다. 그러나 남궁서천은 무엇이 그리 급한지 벌써 연무장을 벗어나고 있었다.

팽가혁은 얼굴을 찌푸리다가 결국은 조일장을 찾고 만다. 팽가혁이 다가가자 조일장이 손을 들었다.

"수고했다."

"수고는 개뿔."

틱틱거리는 반응에 기분이 나쁠 법도 하건만 조일장은 아무런 말도 하지 않았다.

괜히 건드려 봐야 일만 커진다. 가뜩이나 더운 날씨에 쓸모없는 일에 땀을 빼고픈 생각은 조금도 없었다.

"근데…… 정각은 아직도 그 모양이냐?"

팽가혁의 질문에 조일장이 턱짓을 했다.

조일장이 가리킨 곳을 따라가자 정각이 비실거리며 힘없이 걸음을 옮기고 있었다.

"아무래도 오래 걸리겠다."

조일장의 말대로 정각은 눈이 혼탁했다. 그를 돋보이게 해 준 총기는 더 이상 찾아볼 수가 없었다. 모든 것을 다 잃은 듯한 허망한 얼굴로 목적 없이 움직이는 게다.

팽가혁이 얼굴을 찡그렸다.

"저 정도면 그냥 풀어 줘야 하는 거 아닌가? 저러다가 애잡겠다."

중간시를 참관한 목영이 불같이 노했다. 항상 잔잔한 미소를 옅게 보이던 목영이 맞나 싶을 정도로 길길이 날뛰었다고 들었다. 소림의 제자가 절대로 해서는 안 될 것들을 정각이 여러 개나 어긴 탓이다.

"목영 장로님도 생각이 있으시겠지."

"생각은 무슨. 이 중요한 시기에 불경이나 외게 한다는
데, 이게 말이나 되냐? 벌써 한 달째 잠잘 시간도 없이 불경
만 왼다던데."

조일장이 생각하기에도 목영이 너무한다 싶기는 했다.
그래서 팽가혁의 반박에 마땅히 대꾸할 말이 없었다. 그런
데 한발 늦게 도착한 종리혜가 대신 나섰다.

"정각 걱정하지 말고 남궁서천이나 좀 어떻게 해 봐. 걘
정각처럼 불경 공부하는 것도 아닌데 뭐가 그렇게 급하다
고 얼굴 보기도 힘들어?"

"그건……."

팽가혁이 입을 다물고 만다.

남궁서천은 자신이 해결할 수 없는 문제이기 때문이다.

"그리고 주혜는? 걔도 이제 다 나은 거 아냐? 왜 아직도
안 나오는 거야? 용봉관 퇴관하겠대?"

종리혜가 언주혜까지 거론하자 팽가혁이 끙 하고 앓는
소리를 냈다.

확실히 종리혜는 상대하기가 까다롭다.

적당한 선에서 양보할 줄 아는 조일장이나 주진성과는
다르게 무엇 하나 져 주는 법이 없기 때문이다. 피곤해질
생각에 벌써부터 머리가 아팠다.

팽가혁이 얼른 말을 돌렸다.

"그런데 주진성은?"

"응? 진성이?"

종리혜가 눈을 또르륵 굴리더니 멀리서 후다닥 움직이고 있는 주진성을 찾았다.

"야! 너 또 어디 가?"

"나 바빠! 먼저 간다."

주진성은 발걸음을 멈추지도 않고 대뜸 소리치더니 휑하니 자취를 감췄다.

종리혜가 곱게 미간을 좁혔다.

"쟨 또 왜 저래?"

장서각의 출입문에 선 주진성이 초조한 얼굴로 주위를 두리번거리다가 한순간 장서각으로 쏙 들어갔다. 제법 통풍에 신경을 쓴 장서각임에도 특유의 퀴퀴한 냄새가 훅 들이쳤다. 주진성이 저도 모르게 헛기침을 했다.

"흠, 흠."

그 순간 시커먼 물체가 갑자기 툭 떨어져 내렸다. 주진성이 얼굴을 구겼다.

"에이 씨! 기척 좀 하고 나타나면 안 되냐?"

"기척은 무슨. 어차피 나밖에 없는데. 밥이나 내 놔."

그리고는 주진성의 손에 들린 봇짐을 순식간에 낚아챘다. 주진성이 허탈해진 손을 꼼지락거리다가 소무결을 쳐다봤다.

"너 무슨 조법 같은 거 배웠냐?"

"뭔 소리야 그건?"

"그게 그렇잖나. 조법 같은 것도 안 배우고 내 손에 들린 짐을 그렇게 쉽게 뺀다고? 그건 아마 우리 사부님도 못할걸."

매번 당하던 일이라 제법 방비를 했음에도 이번에도 여지가 없었다. 소무결의 손놀림이 워낙 교묘해서 알고도 당할 수밖에 없을 정도다.

"너도 그 자식이랑 붙어 있어 봐. 하기 싫어도 하게 될걸?"

모용기와의 비무는 소무결에게 있어 처절함 그 자체였다. 맞기 싫으면 봉은 물론이고 손발을 모두 써야 했다. 그러고도 안 되면 물어뜯기라도 해야 했다. 죽도록 맞기는 했지만 그 덕에 조법이나 각법을 체계적으로 배우지 못했어도 기초 정도는 익힐 수 있었던 게다.

"헐. 그 자식이 잘 가르치긴 잘 가르치나 보네."

주진성이 저도 모르게 헛웃음을 흘리며 중얼거렸다. 그리고는 이해가 가지 않는다는 얼굴로 소무결을 쳐다봤다.

"그 정도면 좀 참고 붙어 있지 그랬냐? 순무대전이 목적인 건 너도 마찬가지 아냐?"

"아이 씨. 그 꼴을 보고도 그딴 말이 나오냐? 너 같으면 참을 수 있겠어?"

소무결이 주진성을 몰래 찾아왔을 때, 확실히 몰골이 형편없긴 했었다. 온몸이 시커멓게 퉁퉁 부어오른 게, 제 입으로 소무결이라 밝히지 않았다면 주진성도 못 알아볼 정도였다.

"그래도 실력은 확실하게 늘잖아? 그 정도면 그냥 참는게……"

"시끄러. 그보다 반찬이 왜 이 모양이야? 어떻게 된 게 죄다 풀떼기야?"

소무결이 불만스런 눈으로 주진성을 쳐다봤다.

"주는 대로 먹어. 얻어먹는 주제에 무슨 불만이 이렇게 많아?"

"내가 뭘 얻어먹어? 이게 다 거래인 거 잊었어?"

주진성이 끙 하고 앓는 소리를 냈다. 그래도 아쉬운 것은 자신이라 곧 고개를 끄덕였다.

"알았어. 다음부터는 신경 쓸게. 그보다 운신법은 확실히 알려 주는 거지?"

"당연하지. 그게 뭔 비전이라고 숨기겠냐?"

개 몇 마리 풀어놓으면 되는 일이다. 모용기가 딱히 감추

려는 것도 아닌 것 같아서 자신이 숨길 이유도 없었다. 실
제로 홍소천에게 알려 준다고 했을 때도 달리 신경 쓰는 기
색이 아니었다.

"그래? 그럼 언제부터 하면 되는 건데?"

주진성의 눈동자가 기대를 잔뜩 품고 반짝였다.

소무결이 애매하다는 눈으로 주진성을 쳐다봤다.

"니네 사숙 혈도는 좀 잡냐?"

"우리 사숙? 우리 사숙은 왜?"

"왜긴 왜야? 필요하니까 그러지. 묻는 말에나 대답해. 니
네 사숙 혈도는 좀 잡아?"

"그거야 뭐……."

말끝을 흐리는 주진성의 얼굴이 어두워졌다.

소무결이 의문을 품었다.

"왜? 무슨 문제 있어?"

그러나 주진성은 한동안 입을 열지 않았다. 어깨가 축 처
져서는 얼굴만 잔뜩 찡그리고 있다가 결국은 끙 하고 앓는
소리를 냈다.

"나 사람 취급도 못 받는다."

"헐."

소무결이 저도 모르게 헛웃음을 흘렸다. 이청강의 성정
을 떠올리자 무슨 말인지 단박에 이해가 갔기 때문이다. 참
유별나다 싶었다.

"어이가 없네. 무호반으로 떨어진 게 뭐 그리 대수라고. 그럴 수도 있는 거지. 혹시 다른 애들도?"

"걔네들이야 뭐…… 너도 알다시피 우리 사숙이 좀 그렇잖아."

말을 하는 주진성의 얼굴이 여전히 무거웠다.

소무결은 쯧 하고 혀를 차고는 입을 다물었다. 뭐라 위로할 말도 떠오르지 않았기 때문이다.

한동안 서로 얼굴만 쳐다보며 시간을 보내다가 주진성이 먼저 침묵을 깼다.

"그거 네가 하면 안 되냐?"

"내가?"

"그래. 너도 혈도 잡을 줄 알잖아?"

"그렇긴 한데……."

소무결이 뺨을 긁적였다.

마혈이나 아혈을 잡는 건 자주 해 봤지만 모용기처럼 내력의 흐름만 틀어막는 건 해 본 적이 없었기 때문이다.

"왜? 무슨 문제 있어?"

"내가 해 본 적이 없어서……."

"이참에 해 봐. 그럼 되는 거 아냐?"

"그게 좀 위험한 거라서 그래."

모용기가 워낙 대수롭지 않게 잡아서 처음에는 인지하지 못했었다. 그런데 나중에 곰곰이 생각해 보니까 하나같이 요혈이다. 잘못 잡으면 그대로 즉사다.

"에이. 설마 죽기야 하겠어? 네가 한번 해 봐."

"이거 진짜 위험한데."

"괜찮다니까. 정 걱정되면 살살하면 되지."

평소라면 고민할 것도 없이 거절이었다. 그러나 주진성은 원래 친하게 지내던 녀석이었다. 사이가 틀어졌어도 급하면 찾아갈 수 있는 친구이기도 했다. 그런 녀석이 풀이 죽어 있다가 어렵사리 부탁을 하는데 마냥 거절하기가 어려웠다.

"그럴까?"

"그래. 괜찮다니까."

소무결은 그러고도 한참이나 고민을 했다. 그러나 주진성의 반짝거리는 눈빛을 이겨 내지는 못했다. 소무결은 결국 고개를 끄덕일 수밖에 없었다.

"알았어. 해 보자."

주진성이 반색을 했다.

"잘 생각했어. 잘될 거니까 걱정 안 해도 돼."

히죽거리는 주진성의 얼굴에 소무결은 쩝 하고 입맛을 다셨다. 그리고는 적당히 내력을 조절하더니 예고도 없이 당문혈을 툭 하고 찍었다. 그 순간 주진성이 답답한 신음성을 토해 냈다.

"컥!"

"어라?"

격한 주진성의 반응에 소무결이 당황했다. 그러나 주진성은 이미 게거품을 물고 뒤로 넘어갔다.

"소무결, 너 이 새끼……."

"얌마! 야! 정신 좀 차려 봐!"

〈3권에 계속〉

이계로 간 초능력자
이환빈 퓨전 판타지 장편소설
FUSION FANTASY STORY
세계가 극찬하는 최고의 마술사 이강현.
그리고 그만이 가지고 있는 또 다른 직함.
'인류 최초의 초능력자'
남부러울 것 없이 살아가던 그가
불의의 사고로 죽음을 맞이한 순간,
마법의 세계에서 새로운 삶을 맞이한다!
이계에서도 최고가 되어 보이겠다!
신이 선택한 재능러 이강현의 이계 정복기!

임경주 현대판타지 장편소설   MODERN FANTASY STORY

트리니티 레볼루션
Trinity
Revolution

임경주 현대 판타지 장편 소설
「트리니티 레볼루션」!

처절하게 당하기만 했던 세 번의 삶!
그런 힘겨웠던 삶에 대한 보상이라도 되는지
모든 전생의 기억과 능력을 가지고 다시 깨어난 인수!

과거에는 누리지 못했던 행복을 누리고자,
자신의 가족과 전생의 아내 그리고 자신을 위해,
주어진 능력을 십분 활용하며
본인의 삶에서 잘못됐던 부분들을 하나씩 고쳐 나가는데.

마법, 무공, 그리고 전생의 기억들!
이 모든 것을 갖춘 인수의 인생 혁명이 시작된다!